Alain GIL

Rendez-vous mortel(s)

© 2022, Alain Gil
Édition : BoD – Books on Demand,
12/14 rond-point des Champs-Élysées, 75008 Paris
Impression : BoD - Books on Demand,
Norderstedt, Allemagne
ISBN: 9782322410941
Dépôt légal : Janvier 2022

Illustration de couverture : Patricia LEGROS

Toute ressemblance avec des personnes, des lieux et des situations existants ou ayant existé ne pourrait être que fortuite.

Remerciements à Evelyne et Axel
pour leurs précieux conseils,

ainsi qu'à Katia, Nadège et Raphaël
pour leurs relectures attentives.

Remerciements également à Patricia
pour sa belle illustration de couverture.

La timidité est la prison du cœur.

(Proverbe espagnol)

Partie 1

- Bon, vous êtes prêts les premiers danseurs ? Attention, je mets la musique, en espérant que la sono va marcher depuis le temps qu'elle n'a pas été allumée !

Lucien est content. Les premières notes retentissent, son appareil fonctionne toujours. Et c'est parti, les pas de danse s'enchaînent sur la place de la mairie de Château-sur-Bade, un joli village du centre du pays.

Lucien regarde les couples avec un brin de nostalgie. Car, avant le conflit, deux fois par semaine, les samedis soir et les dimanches après-midi, il sillonnait les communes aux alentours avec son matériel pour animer les bals. Sans compter les jours fériés où on faisait également appel à ses services.

Bien avant le début de la guerre, il y a déjà une vingtaine d'années, Lucien avait investi dans du matériel de sonorisation. Travaillant comme ouvrier agricole, en alternance dans plusieurs grosses exploitations, les animations qu'il assurait lui permettaient non seulement d'avoir un complément à son salaire mais également de rompre un peu la monotonie de sa vie.

Habitant toujours avec sa mère une petite maison d'un quartier de Château-sur-Bade, Lucien n'a jamais osé demander à cette dernière de lui raconter son histoire familiale et, de ce fait, il ne connait pas l'identité de son père.

Lucien est ce qu'on peut appeler un « vieux garçon ». Il a eu une déception amoureuse, il y a quelques années. Ayant eu du mal à s'en remettre, il préfère, pour le moment, rester célibataire et se contenter, à l'occasion, de « rencontres du samedi soir », pendant ou après les bals.

Ses activités d'animation permettaient aussi à Lucien d'assouvir son goût pour la musique et la chanson que lui avait transmis sa mère. Car, malgré cette vie faite de moments de solitude quelquefois difficiles à supporter, il l'avait toujours entendue chanter dans la maison, en faisant le ménage, en préparant les repas ou bien lors de son travail de couturière. Elle avait installé un petit atelier de couture dans la pièce à vivre de la maison. Et les gens du village et des alentours faisaient souvent appel à ses services. Quand elle ne chantait pas, elle allumait la radio pour écouter les derniers titres à la mode.

Aussi, très jeune, Lucien s'était mis à chanter avec un tel professeur à la maison. Si bien que pendant les animations, il lui arrivait fréquemment de « pousser la chansonnette », après avoir branché un micro à sa sono, tout en s'accompagnant, le plus souvent, de son accordéon. Un voisin lui avait appris à jouer de cet instrument et, après avoir économisé l'argent nécessaire, il avait pu s'en acheter un.

Mais, la guerre avait arrêté tout ça. Après la déclaration du conflit avec le pays frontalier du nord, la nation, mal préparée, avait été rapidement envahie par les troupes ennemies. Beaucoup d'hommes de la région et de la commune avaient été appelés pour grossir les rangs de l'armée et combattre l'avancée des adversaires. Situé au centre du pays, Château-sur-Bade était loin des zones des affrontements.

Peu de temps après, un autre état frontalier, situé lui au sud, est, à son tour, rentré dans le conflit et s'est rallié au pays du nord. Et les soldats de cet état du sud ont eu rapidement besoin de renfort pour progresser à l'intérieur du pays envahi car la résistance avait eu le temps de s'organiser. Si bien que l'état du nord a envoyé des soldats pour aider leurs alliés du sud et prendre la résistance à revers. Ces troupes ennemies n'ont fait que traverser la commune de Château-sur-Bade pour rejoindre le sud du pays.

Des attaques, lors du passage des convois adverses, ont eu lieu au sud du canton, du côté de Moutiers, au pied du Mont-Gangard. Un semblant de résistance s'était plus ou moins mis en place pour retarder l'avancée des soldats ennemis. Des groupes d'hommes, informés du passage des troupes adverses, se sont formés spontanément et répartis le long des routes empruntées par les convois, dans l'espoir de ralentir leur progression. Beaucoup possédaient des fusils de chasse et s'en sont servis pour tirer sur les soldats. D'autres posaient des troncs d'arbres et autres obstacles sur les chaussées pour arrêter les engins militaires.

Mais, face à l'équipement ennemi tant au niveau des armes que des véhicules, les actions des autochtones ont eu peu d'effet. C'est pour cela que ce n'était bien qu'un semblant de résistance au vu des moyens vraiment dérisoires et il y a eu beaucoup de morts du côté des opposants, à la suite des répliques des envahisseurs. Des hommes de Château-sur-Bade, ceux ayant dépassé l'âge d'être mobilisés ainsi que quelques jeunes qui, eux, n'avaient pas encore l'âge pour être enrôlés, faisaient partie des victimes.

Ajoutés aux nombreux soldats n'étant pas revenus vivants des conflits du nord ou du sud, pendant cette période, personne n'avait bien sûr le cœur à s'amuser.

Alors, comme la fin du conflit était annoncée car les dirigeants des pays envahisseurs étaient prêts à capituler, Lucien a pensé distraire les habitants de Château-sur-Bade en ces temps si terribles. Il est allé voir le maire, André Moreau, pour proposer de sortir sa sono afin de faire danser les habitants.

L'élu de la commune a hésité car, d'après les toutes dernières informations données à la radio, des troupes ennemies basées au sud continuaient les combats. L'annonce de la prochaine capitulation de leurs dirigeants n'était peut-être pas arrivée jusqu'à eux ou, alors, ils combattaient encore en signe de représailles, la défaite étant difficile à encaisser. Aussi, tant que les troupes n'étaient pas toutes mises en état de nuire, les populations pouvaient craindre des actions de malveillance. Il est vrai que pendant ce conflit les soldats de ces armées ont commis des actes odieux, impardonnables.

Mais devant l'insistance et l'enthousiasme de Lucien, le maire a fini par donner son accord. Une date a été fixée et la nouvelle s'est vite répandue dans les quartiers du village. Et ce moment tant attendu est enfin arrivé.

En pensant à cette soirée spéciale, Lucien s'était dit qu'il ne mettrait que des disques de musique. Il ne prévoyait ni de chanter ni de jouer de l'accordéon. Il ne voulait pas risquer de heurter la sensibilité des personnes présentes alors que le conflit n'était pas encore vraiment fini.

- C'est une bonne idée que tu as eu Lucien, s'écrie un danseur en passant devant la petite estrade où se trouve l'organisateur de la soirée et où est installée la sono.
- Cela fait du bien de retrouver une telle activité. On n'oublie pas nos morts mais on a l'impression de revivre enfin, ajoute sa femme en enchaînant des pas de valse.

C'est un couple d'un quartier du village mais Lucien a oublié leur nom de famille, ce qui ne l'empêche pas de les saluer.

Il y a beaucoup de couples au centre de la place mais il y a aussi du monde tout autour, les gens formant une ronde et applaudissant à la fin de chaque danse.

Comme dans tous les villages, la place principale, située au centre de Château-sur-Bade, était un endroit très fréquenté par toutes les générations. Entre les jeunes qui se réunissaient dans un coin pour discuter ou qui faisaient des tours de vélo et les plus anciens qui occupaient les bancs pour passer le temps ou qui jouaient aux boules, la journée, il y avait toujours de l'animation.

Au milieu de la place, se trouvaient deux rangées de tilleuls. A la belle saison, les soirs de forte chaleur, les effluves de ces arbres envahissaient l'espace et distillaient cette senteur de bien-être et de tranquillité. Sur un côté, il y avait la mairie encadrée par les deux écoles, séparées bien sûr, celle des filles et celle des garçons et, à l'opposé, l'église. Les deux autres côtés étaient bordés de maisons individuelles dont certaines avaient un commerce en rez-de-chaussée.

Justement, parmi ces commerces, il y avait le bar de Bernard. Devant le succès de cette soirée, il avait installé à la va-vite une buvette sur sa terrasse. Les gens se pressaient pour se désaltérer, surtout que le temps était chaud en ce printemps. Mais, aussi, pour partager ces moments de retrouvailles, l'esprit un peu plus léger.

Une grande partie du village s'était déplacée, seules les familles touchées par le décès d'un proche étaient restées derrière les volets entrouverts de leur logement.

Ne sont là, bien sûr, que les hommes qui ne sont pas partis au front ayant dépassé l'âge d'être mobilisés, au moment du début du conflit. Du front, sont également revenus les hommes blessés car, pour eux, la guerre était finie. Pour ceux qui sont encore sur les lieux des affrontements, il faudra attendre leur retour. Et la commune devra les accueillir avec tous les honneurs qu'il se doit. C'est pour toutes ces raisons qu'il y a beaucoup plus de femmes que d'hommes pour ce moment convivial.

Il y a aussi une bonne partie de la jeunesse du village et des alentours. Les filles n'hésitent pas à danser avec leurs mères ou leurs grands-mères ou ensemble. Les garçons sont plus réservés et préfèrent, le sourire en coin, regarder leurs copines. Tous ces jeunes se connaissent car ils fréquentent les mêmes établissements scolaires de la commune, écoles et collège. Et parmi les adolescents, il y a bien sûr « La bande des quatre garçons », comme ont été surnommés ces jeunes qui sont toujours ensemble.

Il est vrai que ces quatre-là se connaissent depuis longtemps. Ils sont devenus copains à l'école maternelle et, depuis, ils sont inséparables. Ils ont suivi leur scolarité élémentaire ensemble et, de même, au collège où ils sont en classe de troisième. En dehors des jours de cours, on les voit non seulement se réunir sur la place de la mairie pour discuter, mais, également, faire du vélo dans les rues du village et se recevoir à leur domicile respectif. Une équipe de football pour les adolescents a été créée par un professeur du collège et, bien sûr, nos quatre compères en font partie. Inséparables donc, comme les … cinq doigts d'une main !

Pourtant, ils sont bien différents que ce soit au niveau de leur personnalité ou de l'origine sociale de leur famille.

Il y a William, le second fils du propriétaire de la plus grande entreprise de Château-sur-Bade, la scierie Martin, qui emploie, en temps normal, la moitié des hommes de la commune. Là, évidemment, l'usine fonctionne avec un effectif réduit car beaucoup des ouvriers sont sur le front du conflit. C'est d'ailleurs pour continuer à faire fonctionner son entreprise que le père de William n'a pas été mobilisé.
Il s'agit d'une scierie familiale car c'est le grand-père paternel de William qui l'a fondée. Château-sur-Bade se situant dans une région très boisée, il a créé une scierie en achetant des arbres à des propriétaires forestiers. L'usine a été construite à l'ouest du village, sur les bords de la rive gauche de la Bade. La proximité du cours d'eau permettait de faire fonctionner des moteurs hydrauliques actionnant les premières scies mécaniques.
L'entreprise s'est vite développée et a permis l'embauche de nombreux ouvriers. Les bois

coupés étaient vendus à des industries de menuiserie, d'ébénisterie et de construction. Devant l'ampleur prise par la scierie, la municipalité de l'époque a eu l'idée de construire un quartier ouvrier. A la périphérie du centre du village, le long de la Bade, entre le pont et l'usine, des maisons mitoyennes ont été construites.

Il s'agissait de maisons modestes, avec quatre pièces et un jardinet sur le devant, mais elles permettaient aux nouveaux employés de trouver tout de suite un logement avec leur famille quand ils arrivaient à Château-sur-Bade. De plus, les loyers étaient modérés. Plusieurs rues ont été créées dans ce coin du village. En complément, pour les locataires qui le souhaitaient, des jardins ouvriers étaient proposés, entre ce nouveau quartier et le pont sur la Bade.

Quand il a pris la succession, le père de William a modernisé l'entreprise si bien que, maintenant, l'usine Martin est l'une des scieries les plus importantes de la région !

La mère de William est la fille d'un riche propriétaire terrien et forestier de la commune auquel l'entreprise Martin achète du bois, depuis longtemps.

La famille habite une belle maison bourgeoise au centre du village. Là aussi, il s'agit d'un bien familial. Car, les grands-parents de William ont laissé non seulement la direction de l'entreprise à leur fils unique mais, également, cette demeure quand il s'est marié.

Ils ont acheté une belle villa d'époque contemporaine avec un beau parc arboré, en bord de mer, sur une des côtes du pays, où ils vivent à présent. Cela permet à toute la famille de se retrouver dans cette maison, lors des vacances scolaires, pour profiter des bienfaits de l'air marin.

Mais, bien qu'issu d'une famille aisée, William est un garçon gentil, pas du tout prétentieux et toujours très aimable avec tout le monde.

Antoine est le « play-boy » du groupe. Très brun, la peau un peu mate, sa famille étant originaire d'un pays du sud, il est celui que les filles regardent toujours en premier. Son père travaille dans la scierie Martin où il occupe un poste de contremaître. Mais lui, il a bien été mobilisé. Les dernières nouvelles reçues par la famille sont bonnes. Cependant, il tarde aux membres du foyer, Antoine a une sœur un peu plus jeune que lui, que la guerre soit finie pour que le mari, et le père, rentre au domicile.

Les parents sont considérés comme des réfugiés politiques. Ils ont fui le pays situé au sud qui est justement rentré dans le conflit en s'alliant avec le pays du nord. Après un coup d'état militaire qui avait renversé la république en place, la nation était devenue un régime autoritaire, le pays étant gouverné par un général. Le couple faisait partie d'un mouvement contestataire, s'opposant aux conditions précaires de vie et de travail d'une bonne partie de la population, notamment les ouvriers. Comme ils étaient bien engagés dans cette lutte, les autorités les ont menacés. Si bien que, tout juste mariés, ils ont préféré quitter avec déchirement leurs familles et leur pays de peur d'être emprisonnés ou de voir leurs proches inquiétés.

Avec d'autres sympathisants, ils ont franchi la frontière nord. Ils se sont séparés en plusieurs groupes et les parents d'Antoine sont montés jusqu'au centre de ce pays qui allait devenir leur terre d'adoption. Ils se sont fixés à Château-sur-Bade où le père d'Antoine a trouvé tout de suite un emploi à la scierie, ce qui a permis au couple d'occuper une maison jumelée dans le quartier ouvrier du village.

C'était il y a une vingtaine d'années si bien qu'Antoine et sa sœur, Jeanne, sont nés à Château-sur-Bade. Les parents ont d'ailleurs pris la nationalité du pays et c'est pour cela que le père d'Antoine a été mobilisé pour combattre contre une nation qui était alliée avec … son ancienne patrie !

La famille a l'espoir qu'avec la fin du conflit et la défaite annoncée des belligérants adverses, le pays d'origine des parents d'Antoine redevienne une république. Ils pourraient ainsi y séjourner. Et cela permettrait à Antoine et à sa sœur de connaître leurs grands-parents et le reste de leur famille.

Malgré son physique avenant, Antoine, comme William, n'est pas du tout prétentieux. Et même s'il ne parle pas beaucoup, on le classerait dans la catégorie des « beaux bruns ténébreux », du fait de son charisme, il est un peu le meneur du groupe, quand il dit quelque chose généralement les autres l'écoutent.

Jules est le seul qui n'habite pas le village. Ses parents ont une exploitation agricole dans un hameau à quelques kilomètres du bourg. Son père n'a pas non plus été mobilisé car il y avait la ferme à tenir.

Les parents de Jules, tous les deux originaires de la commune, se sont connus lors d'un bal.

Son père travaillait comme ouvrier agricole dans une exploitation proche de Château-sur-Bade. Un samedi, après une réunion et un repas de l'association locale des jeunes agriculteurs dont il faisait partie, il a fini la soirée avec les adhérents au bal organisé dans la salle des fêtes communale. Et là, il a fait la connaissance de celle qui allait devenir son épouse. Le bal était d'ailleurs peut-être animé par un certain Lucien, mais les « tourtereaux » n'ont pas dû faire attention à celui qui était sur l'estrade de la salle, c'était bien là la dernière de leur préoccupation !

Les jeunes gens se sont rapidement mariés. Ne sachant pas quelle orientation prendre après la fin de sa scolarité, la mère de Jules est devenue elle aussi ouvrière agricole dans la même ferme que son mari. Les propriétaires étant âgés et souhaitant arrêter de travailler la terre, le jeune couple a pris l'exploitation en fermage. Et, au bout de quelques années et en bénéficiant d'aides financières pour les jeunes agriculteurs souhaitant s'installer, ils ont pu acheter la ferme.

Jules, qui est le seul enfant du couple, aide aux travaux de l'exploitation après ses cours au collège. Et il est vrai que ce ne sont pas les tâches qui manquent même pour une ferme de moyenne importance. Les parents de Jules possèdent une trentaine de « bêtes à cornes » pour désigner les vaches de cette race élevées dans la région pour sa viande. Chaque jour, il faut sortir des étables le troupeau, les mères et leurs petits, le matin, dans les prés environnants pour le rentrer à la nuit tombante. Le couple est même obligé de louer des prairies supplémentaires à des voisins pour nourrir son cheptel, car il n'a pas assez de terres.

Pendant que les bêtes sont dehors, il faut nettoyer les étables en enlevant la litière, faite de paille et de fougères coupées dans les forêts de la propriété, et en la mettant sur le tas de fumier proche des bâtiments. Il faut également s'occuper des volailles et des lapins que les parents de Jules élèvent. Ajoutés au jardin de légumes et au verger d'arbres fruitiers, cela amène des ressources alimentaires non négligeables pour la famille.

Les moments de repos sont rares pour les exploitants agricoles. Tout au long de l'année, il y a des travaux à effectuer. L'été est la saison la plus chargée avec la fenaison qui permet de rentrer du foin dans les granges pour nourrir les bêtes l'hiver. Puis, il y a les moissons pour récolter le blé, les grains pour les volailles et la paille pour la litière des bovins. Les autres saisons sont plus calmes mais il faut quand même nourrir le bétail et nettoyer les étables quand les bêtes ne sortent plus à cause du mauvais temps, labourer et ensemencer les champs, préparer les prairies pour le printemps, couper du bois en hiver pour le chauffage, ...

C'est une vie de dur labeur et le couple apprécie l'aide de leur fils.

Les parents de Jules sont plutôt des « taiseux », comme on dit. Ce sont des personnes qui parlent peu. Il y a beaucoup de silences dans cette famille. Cette atmosphère et les tâches de la ferme ne constituent pas une vie très agréable pour un jeune comme Jules. C'est pour cela que, dès qu'il peut se libérer, il enfourche son vélo pour rejoindre ses trois camarades. Ainsi, on le voit souvent dévaler les routes menant à Château-sur-Bade.

Jules est le plus timide de la bande, c'est un garçon réservé qui ne se met jamais en avant et qui a tendance à suivre les décisions du groupe. Cependant, ses copains l'acceptent comme il est.

Quand les gens disent qu'ils sont tous différents, ce ne sont pas des paroles en l'air. Victor, le quatrième de la bande, est à l'opposé de Jules. C'est le « boute-en-train » de l'équipe. Comme le répète toujours sa mère, c'est un véritable « moulin à paroles ». Il a toujours quelque chose à dire et il n'arrête pas de raconter des histoires ou des blagues. Il faut dire qu'il est bien placé car c'est le fils de Bernard et Lucette qui sont les propriétaires du bar situé sur la place de la mairie.

Le père n'a pas été appelé pour le conflit car il a une légère infirmité à une jambe, à la suite de la chute d'une échelle lors de travaux, datant de quelques années. Victor a une demi-sœur, née d'une première union de son père. Etant plus âgée, elle est mariée et le couple vit dans un petit appartement d'une maison de Château-sur-Bade.

Après la disparition de sa première femme, emportée par une maladie, le père de Victor, qui tenait déjà un commerce dans un autre village du département, a souhaité retrouver un bar mais dans un autre endroit. Une de ses connaissances lui a dit qu'un couple du village de Château-sur-Bade souhaitait laisser son commerce et cherchait un repreneur. Le père de Victor a donc acheté ce bar et … s'est remarié avec une des filles des anciens propriétaires. C'est donc en couple qu'ils tiennent le commerce depuis une vingtaine d'années maintenant.

Les mauvaises langues de Château-sur-Bade ont prétendu qu'il avait acheté le bar et, en même temps, la fille ainée des anciens patrons !

Comme le commerce de ses parents est situé au rez-de-chaussée de leur maison d'habitation, la cuisine étant attenante au bar et les chambres se trouvant à l'étage, Victor est le plus souvent dans la cuisine et en profite pour écouter attentivement ce que disent les clients. Si bien qu'après, il s'empresse d'aller répéter à ses copains les derniers ragots de la commune ainsi que les blagues, même un peu osées, que les habitués ne peuvent s'empêcher de raconter.

Bien sûr, il y a également des filles. Fréquentant les établissements scolaires du village, elles aussi se connaissent depuis longtemps. La plupart sont originaires de la commune. Quelques-unes sont arrivées au fil des années, leurs parents ayant trouvé du travail à Château-sur-Bade ou dans les environs. Mais, elles ont tout de suite été acceptées.

Il faut dire que dans un village comme Château-sur-Bade, même s'il y a quelquefois des querelles familiales ou de voisinage, l'entente est cordiale entre les habitants. Preuve en est ce soir, pour cette petite fête, bien que le contexte reste particulier avec ce conflit qui s'éternise. Les gens ont l'air de s'amuser, l'ambiance est bon enfant !

Pour en revenir aux filles, beaucoup ont le même âge que les garçons de « La bande des quatre ». Même si la mixité n'est en vigueur qu'à partir du collège, et donc de la sixième, les garçons et les filles étant dans des écoles séparées, ces jeunes de la même génération se côtoient depuis de longues années. Les retrouvailles se faisaient à la sortie des écoles, sur la place principale du village, lors de festivités organisées par la mairie, lors d'anniversaires fêtés au domicile, ... Bref, les occasions de se retrouver ne manquaient pas !

Depuis qu'ils sont au collège et, par conséquent, dans les mêmes classes, ces adolescents qui sont dans leur seizième année, se fréquentent quotidiennement et, bien sûr, des affinités entre filles et garçons se sont créées.

Régulièrement, on voit des couples qui se font ... et se défont. Ce n'est pas méchant, ce sont de simples flirts d'adolescents, les deux membres du couple se promènent en se tenant la main, le garçon prend sa partenaire par les épaules, certains osent même s'embrasser, juste un petit baiser au coin des lèvres. Rien de bien méchant donc et puis c'est de leur âge !

D'ailleurs, ce soir, pour cette petite fête, quelques-uns de ces couples « officiels » dansent sous le regard attentionné surtout des mères.

Mais parmi ces couples, il y en a un qui parait bien « stable » depuis quelques temps. Il faut préciser qu'il est constitué par une des plus jolies filles des environs, Marylise, avec le « play-boy » de la bande des quatre, Antoine. Se connaissant depuis leur plus petite enfance, ils forment un très beau couple, comme disent ceux qui les croisent dans les rues de Château-sur-Bade. Le père de Marylise est employé dans l'entreprise Martin, en occupant un poste de comptable.

Sa mère travaille également dans la scierie où elle a une fonction importante de secrétaire de direction. La famille habite une maison de village dans la rue principale de Château-sur-Bade. Le père de Marylise a bien été mobilisé dès le début du conflit mais une blessure à un bras a fait qu'il est rentré avant la fin des hostilités.

C'est sûr que beaucoup de garçons, même plus âgés, regardent avec attention Marylise. Il est vrai qu'avec ses longs cheveux blonds, ses grands yeux bleus et son joli minois, elle ne passe pas inaperçue. Mais bon, avec Antoine, ils forment un couple bien assorti. « Peut-être que dans quelques années, on les mariera ! », entend-on souvent quand des gens parlent d'eux.

Et bien sûr, ce soir, ils sont là tous les deux. Ils suivent, enlacés, quelques danses puis ils rejoignent le groupe formé par les trois autres garçons de la bande et des copines de Marylise pour discuter et rigoler, sûrement, des blagues racontées par Victor.

La soirée tire à sa fin. Le temps a été agréable, avec une température plus douce au fil des heures et un ciel dégagé et étoilé. Mais, beaucoup de personnes sont déjà parties et les danseurs commencent à être clairsemés sur la place.

« Encore deux ou trois disques et j'arrêterai la sono », se dit Lucien, content d'avoir pris cette initiative qui a permis à beaucoup de vivre, ou plutôt de revivre, un moment convivial.

Moment d'autant plus important qu'il restera longtemps gravé dans la mémoire de ceux qui l'ont vécu … avec ce qui allait arriver par la suite !

En cette fin de printemps, les autorités nationales ont annoncé sur les ondes que l'état-major ennemi avait décidé de capituler. L'armistice ne devrait pas tarder à être signé. C'est donc l'esprit un peu soulagé qu'André Moreau, le maire de Château-sur-Bade, s'apprête, en cette matinée du dernier samedi du mois de juin, à quitter son bureau de la mairie pour rentrer déjeuner chez lui.
Ayant dépassé l'âge d'être mobilisé, il n'a pas participé à cette guerre. André Moreau est originaire d'un village de la commune. Il a été pendant longtemps le directeur de l'école des garçons. Après avoir fait sa formation professionnelle d'instituteur dans le chef-lieu du département, il a commencé son métier en faisant des remplacements dans des classes. Puis, au bout de quelques années, il a pu obtenir un poste à l'école des garçons de Château-sur-Bade. Il y est resté jusqu'à la fin de sa carrière, en finissant donc comme directeur. Très investi dans la vie du village, il

s'est présenté tout naturellement à des élections municipales. Et, au fil des réélections, il a accepté la fonction de maire, une fois à la retraite.

Sa femme est également une enseignante retraitée. Le couple a deux filles dont l'une, l'aînée, a choisi de suivre la même voie que ses parents puisqu'elle est institutrice. L'autre a pris une direction plus originale en étant artiste-peintre. Ayant suivi les cours d'une école des beaux-arts, elle peint de magnifiques tableaux des paysages de sa région. Elle a une certaine notoriété, ce qui lui permet de vivre de ses œuvres en les exposant souvent dans des galeries.

Cette période de conflit a été prenante pour André Moreau car il fallait continuer, coûte que coûte, à s'occuper des affaires municipales, tout en pensant à ses administrés partis sur le front. Le plus dur en tant que premier magistrat était d'aller annoncer aux familles la grave blessure ou le décès d'un de leurs membres. Car, officiellement, c'est lui qui recevait la nouvelle des autorités militaires et qui était donc chargé d'aller prévenir les parents ou les épouses, épreuves d'autant plus éprouvantes qu'il connaissait, pour la plupart, le fils ou le mari concerné.

Si bien qu'André Moreau évitait de sortir dans les rues de Château-sur-Bade ou même d'aller dans les villages de la commune car, en le voyant, les habitants qui avaient un membre de leur famille parti à la guerre, craignaient le pire. A moins qu'il ne soit vraiment obligé d'être présent sur le terrain pour régler une question, il restait dans la mairie pour gérer les affaires et se contentait de faire les trajets à pied de sa maison dans le quartier jusqu'à l'hôtel de ville.

Son téléphone sonne au moment où l'élu franchit le seuil de son bureau. Bien sûr, il s'empresse de faire demi-tour pour aller répondre mais avec toujours de l'appréhension de peur de recevoir encore une mauvaise nouvelle tant que ce conflit n'est pas vraiment fini.

- Salut Moreau, c'est Lefèvre de Moutiers. Bon, je viens de recevoir un appel du maire de Treigeat. Il a été prévenu par la préfecture que des troupes ennemies remontent du sud sûrement pour rejoindre leurs compagnies au nord. Les premiers véhicules sont déjà à la porte de son village et il a demandé aux habitants de se confiner chez eux. Je pense que si les convois continuent de suivre la Route Nationale, c'est la voie la plus rapide pour progresser vers le nord, ils vont être rapidement chez moi et, ensuite, chez toi.
Je te laisse, je me dépêche d'aller prévenir mes administrés.
- Merci Lefèvre, moi aussi je vais donner la nouvelle aux habitants de Château, répond André Moreau au maire de Moutiers.
L'élu de Château-sur-Bade réfléchit. Si les convois ennemis suivent bien cette route, il est

d'accord avec son collègue, c'est bien la voie la plus rapide vers le nord, ils vont donc passer par la rue principale du village. Il faut absolument prévenir au moins les riverains pour qu'ils s'enferment chez eux et, surtout, qu'ils ne sortent pas au moment du passage des troupes.

Mais, le maire, à lui tout seul, ne peut pas prévenir à temps tous les habitants concernés car les distances entre les villages risquent d'être vite franchies par des véhicules conduits par des soldats aux abois. Il lui faut de l'aide. Il a donc l'idée de téléphoner à ses adjoints de la mairie pour les joindre soit sur leur lieu de travail soit à leur domicile. Il répartit les tâches, chaque adjoint se voit confier un secteur de la rue principale et, même, des rues attenantes.

- Surtout, vous leur dites bien qu'ils se confinent chez eux et qu'ils ne sortent qu'après le passage des convois. Et, bien sûr, pas de provocations, on sait ce que ces ennemis sont capables de faire. Pour ma part, comme je suis juste à côté, je vais aller au bar de Bernard, il y a toujours des habitués à cette heure. Ensuite, j'irai à la scierie Martin pour prévenir les ouvriers, du moins ceux qui ne seront pas encore partis. Il faut absolument informer le plus de monde possible, insiste André Moreau, en donnant ses directives au téléphone à ses adjoints.

Le père de Jules arrive à sa ferme au moment où sa femme met la table pour le déjeuner, aidée par leur fils qui vient de rentrer après avoir fini sa semaine de cours au collège.
- Je viens du bar de chez Bernard, dit-il, et avant que la mère de Jules ne lui fasse des reproches, il ajoute : pour une fois, tu vas être contente que j'y sois passé pour prendre l'apéritif. Le maire est venu en coup de vent pour annoncer que des troupes ennemies remontaient vers le nord. Comme elles vont sûrement suivre la Route Nationale, elles vont passer, dans l'après-midi, par la rue principale

de Château, en arrivant, au sud, par la route de Moutiers et en sortant par le pont de la Bade, au nord. Il demande aux riverains, mais également à l'ensemble des habitants du bourg, de se calfeutrer au domicile jusqu'au passage du convoi.

Bon, nous ne sommes pas directement concernés puisque la Route Nationale ne passe pas à proximité de notre hameau. Donc, on ne change pas nos projets, on va dans la forêt pour couper et ramasser des fougères pour la litière des vaches. Allez, on se dépêche de manger car, comme le temps est lourd, il risque de faire orage d'ici ce soir ! Et ce serait bien si l'on pouvait rentrer deux charrettes.

- Maman, est-ce que je peux aller chez Victor un moment ? demande William à sa mère, une fois le repas de midi terminé.

- Non, je ne préfère pas, tu as bien compris que si ton père n'est pas rentré manger, c'est parce qu'il est resté à l'usine pour prévenir les employés de ne pas sortir dans la rue principale pendant le passage des troupes ennemies.

En effet, le père de William avait téléphoné juste avant le déjeuner pour dire qu'il devait informer beaucoup de ses ouvriers de la traversée de Château-sur-Bade par ces convois et qu'ils devaient bien rester chez eux. Même si beaucoup d'employés habitent avec leur famille dans le quartier ouvrier, à l'écart de la rue principale, quelques-uns ont leur logement dans cette grande rue. De toute façon, le maire avait bien demandé d'informer le maximum d'habitants.

- Mais maman, c'est juste pour voir Victor et on va rester chez lui !

La mère de William cède. C'est vrai que rester tout l'après-midi à la maison alors que son fils a l'habitude de passer un moment avec ses meilleurs copains, cela peut être un peu long.

- Bon, d'accord. Mais, surtout, vous ne sortez pas dans le village.

William ne perd pas de temps et il arrive rapidement sur la place de la mairie où est situé le bar.

Il rentre dans le commerce et dit bonjour à la cantonade. Il y a quelques clients accoudés au comptoir en train de parler avec le père de Victor. Et d'après quelques paroles entendues, William comprend vite qu'il est question dans la conversation du passage des convois ennemis dans le bourg. C'est sûr que tout le village ne pense qu'à ça.

- Bonjour William. Ce n'est pas bien prudent de sortir à ce moment de la journée, tu dois savoir pourquoi. Victor est dans sa chambre, à l'étage, lui dit la mère de son copain, en continuant à essuyer des verres derrière le comptoir.

William a vite fait de monter l'escalier pour se retrouver en compagnie de Victor. Il trouve celui-ci tout excité.

- Tu es au courant pour le passage des soldats ennemis ? J'ai entendu ça quand le maire est passé le dire au bar, j'étais dans la cuisine. J'aimerais bien aller les voir.

- Mais tu es fou, répond William, c'est beaucoup trop dangereux. S'ils t'aperçoivent, ils risquent de te tirer dessus.

- Bien sûr, il ne s'agit pas de se montrer. Comme, normalement, ils doivent passer sur le pont de la Bade, mon idée est d'aller chercher Antoine et, ensuite, d'aller se cacher dans les jardins ouvriers, derrière les maisons du quartier. Tu les connais bien, les jardins sont au-dessus du pont. De là, on pourra bien les voir. Bon, Jules ne peut pas venir avec nous, puisqu'il nous a dit à midi, à la sortie du collège, qu'il allait couper et ramasser des fougères dans la forêt, cet après-midi, avec ses parents. Mais toi, allez, tu viens avec moi !

William hésite. Il pense que ce ne serait pas prudent et sa mère lui a bien dit de rester chez son copain et, surtout, de ne pas sortir dans le village. Il est vrai que William a eu une éducation assez stricte. Sa mère ne travaille pas, elle est femme au foyer et, donc, elle a eu le temps de s'occuper de l'éducation de ses deux fils, le frère de William a trois ans de plus que lui, et de suivre leur scolarité. C'est pour cela qu'il a l'habitude d'écouter ce que lui disent ses parents.

Pour Victor, c'est différent. Son père et sa mère sont beaucoup pris par leur commerce qui est ouvert tous les jours et, quelquefois, assez tard le soir. Il est vrai qu'un bar est un endroit où les gens aiment se retrouver, surtout dans un milieu rural. Et il l'est encore plus depuis le début du conflit, les hommes qui ne sont pas partis au front, venant pour parler des avancées de la guerre. Si bien que les parents de Victor n'ont pas toujours le temps de s'occuper de lui et qu'il a l'habitude d'être livré un peu à lui-même.

- Allez, viens ! On passe chercher Antoine et on va se cacher dans les jardins derrière chez lui, insiste Victor. On ne risque rien !

- Mais tes parents vont nous voir partir.

- Oh, tu sais, quand ils sont dans leur bar en train de nettoyer ou de discuter avec des clients, ils ne font pas attention à moi. Ecoute, on va sortir par la porte de la cuisine qui donne dans le jardin, à l'arrière de la maison. De là, on prendra le portillon qui donne dans la rue qui passe derrière la place. Combien de fois je l'ai fait et ils ne se sont jamais rendu compte de rien. De toute façon, dès que les troupes seront passées, on rentre vite. Si ça se trouve, là encore, ils ne remarqueront pas notre absence !

William hésite mais il se laisse tenter. C'est vrai que, pour une fois, il peut désobéir à ses parents. Et puis, il a eu 16 ans au début de ce mois. Il se considère presque comme un jeune adulte.

Victor, le plus téméraire des deux, toujours en quête d'aventures, réussit donc à entraîner son copain, peut-être, au-devant d'un éventuel danger…

Les deux adolescents se dépêchent d'arriver dans le quartier ouvrier de Château-sur-Bade. Ils ne croisent personne, les habitants sont confinés chez eux, preuve que les recommandations du maire et de ses adjoints sont bien respectées.

Ils sonnent à la porte de la maison d'Antoine. C'est sa sœur, âgée de 14 ans, qui leur ouvre.

- Bonjour, Jeanne. Ton frère doit être là ? demande Victor.
- Mais non, il est parti il y a un petit moment.
- Il t'a dit où il allait ?
- Il m'a dit qu'il allait faire un tour au pont de la Bade.
- Au pont de la Bade ! s'exclame William. Mais, il ne faut pas y aller ! Vous n'avez pas été prévenus que des troupes ennemies allaient passer à Château cet après-midi et, justement, franchir le pont sur la rivière ? Il est recommandé de rester chez soi car les soldats peuvent tirer s'ils aperçoivent des personnes dans les rues.

- Non, personne ne nous a prévenus, balbutie Jeanne, en montrant des signes d'affolement.
- Mais où est ta mère ? enchaîne Victor.
- Elle est chez Madame Fabre pour faire son ménage. William et Victor se rappellent que la mère d'Antoine fait des ménages dans plusieurs foyers, en complément de son travail de secrétaire à mi-temps à la mairie de Château-sur-Bade. Elle est partie en milieu de matinée et, avec Antoine, on a mangé tous les deux à midi.

William et Victor se regardent et comprennent tout de suite que la mère d'Antoine et ses deux enfants ne sont pas au courant du passage des convois.

- Vite, il faut rejoindre le plus rapidement possible Antoine pour se cacher avec lui ! Il a sans doute été à la petite plage, mais pourquoi ? réagit vivement Victor.
- Ne t'en fais pas, on va vite rejoindre ton frère et se cacher avec lui. On rentrera quand les soldats seront passés. Dis-le à ta mère quand

elle reviendra pour qu'elle ne s'inquiète pas et, surtout, tu restes bien chez toi ! s'empresse de rajouter William.

Les deux copains partent en courant.

- On va prendre le petit chemin qui suit les dernières maisons de Château et qui passe sous le pont, celui que l'on prend pour aller à la plage, précise Victor en commençant à être essoufflé. J'espère qu'Antoine y est.

Dès que le temps le permet, généralement aux premières chaleurs de l'été, les jeunes de Château-sur-Bade ont pour habitude d'aller se baigner dans la rivière, juste sur la droite du pont, en sortant du village. Une petite plage s'est formée naturellement sur la rive gauche de la Bade.

William et Victor se dirigent vers cet endroit le plus rapidement possible en se demandant bien ce que leur copain Antoine est allé faire là-bas …

Georges Raynaud est un peintre en bâtiment en retraite. Ayant, lui aussi, dépassé l'âge d'être mobilisé au début du conflit, il n'a pas été appelé. Il habite, avec sa femme, la dernière maison sur la gauche de la rue principale, en descendant et avant d'arriver au pont de la Bade. Ils ont d'ailleurs une terrasse ombragée qui permet d'avoir une belle vue sur le pont et qui est très agréable les soirs d'été. En ce moment, ils sont bien sûr enfermés chez eux. Albert, un des adjoints du maire habitant le quartier, est venu après le repas pour leur donner l'information du passage des soldats ennemis. Ils ont quand même laissé la fenêtre de leur salon qui donne sur la rue entrouverte mais, pour ne pas risquer d'être repérés, ils ont mis les volets « à l'espagnolette ».

Originaire d'un hameau de la commune, et après avoir obtenu son diplôme de peintre, Georges est parti travailler, il y a une quarantaine d'années, dans ce pays du nord qui est en conflit avec sa nation. A cette époque, les relations entre les deux pays étaient bonnes et des ententes permettaient des échanges entre travailleurs. Cela a permis à Georges d'aller pratiquer sa profession dans ce pays étranger, de connaitre et d'apprécier sa culture, d'apprendre sa langue. Il y est resté une dizaine d'années avant de revenir à Château-sur-Bade pour continuer à exercer la même profession, rencontrer celle qui allait devenir sa femme et acheter cette maison. Le seul regret du couple, c'est de ne pas avoir eu d'enfant.

Pour être tout à fait honnête, il faut préciser que cette opportunité de partir travailler à l'étranger a bien arrangé Georges, à l'époque. En effet, ses copains et lui avaient commis quelques menus larcins dans des fermes de la commune et des habitations sur Château-sur-Bade, après s'être lancés des défis. Ils n'étaient pas à proprement parler des voyous comme le disaient « des braves gens du coin » mais, simplement, des jeunes qui voulaient s'amuser. Drôle d'amusement, à vrai dire ! La gendarmerie locale ayant réussi à les arrêter, ils ont tous été condamnés à des petites peines. C'est pour cela que Georges a préféré « s'éclipser », les relations avec ses parents étant devenues assez tendues.

Georges finit son deuxième café de l'après-midi quand un bruit assourdissant retentit dans la rue. Sans aucun doute, il s'agit bien du convoi des troupes ennemies qui, comme prévu, finit de traverser Château-sur-Bade pour sortir au nord du village par le pont sur la rivière.
Soudain, au moment où Georges s'approche de la fenêtre pour apercevoir les premiers véhicules, sa femme étant restée plus prudemment assise sur le canapé du salon, … un coup de feu retentit, suivi de cris et d'une fusillade … Saisi, Georges ne peut malgré tout s'empêcher, bien que sa femme lui crie de ne pas s'approcher de la fenêtre, de jeter un coup

d'œil. Et là, il voit des soldats complètement affolés qui hurlent en descendant de leurs véhicules et en tenant leurs fusils ou leurs mitraillettes à la main. Mais, un ordre, crié sans doute par un supérieur, les fait remonter rapidement dans leurs engins. Georges, qui connait donc la langue des soldats ennemis, comprend très bien les directives.

- Remontez dans les véhicules et on repart tout de suite ! Il y a eu, par le passé, des actes de résistance dans la région et, apparemment, il en reste encore !

- Pourtant, les personnes ne semblent pas avoir d'armes avec eux !

- Cela ne fait rien ! Ils doivent avoir des compagnons cachés dans les bois et, de toute façon, on nous a tiré dessus en premier, sinon on n'aurait pas riposté ! Allez ! Partons vite, avant de se faire encore tirer dessus !

Et le convoi, composé de motos, de voitures et de camions, repart rapidement.

Georges, pétrifié, attend un moment que les derniers engins disparaissent, après le pont, dans la montée de la Route Nationale qui va vers le nord, avant d'ouvrir précipitamment la fenêtre de son salon.

- Il y a trois corps étendus sur le pont ! Ils ne bougent pas, c'est sans doute sur eux que les soldats ont tiré, dit-il à sa femme.
- Mais qui cela peut-il bien être ? Pas des gens de Château, tout le monde devait rester chez soi et ne pas sortir ! lui répond fébrilement son épouse, encore sous le coup de l'émotion.
- De toute façon, il n'y a plus de danger. Je vais voir.
- Fais attention à toi ! supplie sa femme.

Georges se précipite dans la rue. Il n'est pas le seul à avoir entendu les coups de feu, il y a aussi des voisins, dont Albert, l'adjoint au maire. Tous se regardent en se demandant qui sont ces corps étendus sur la chaussée. Ensemble, ils partent au pas de course dans la descente vers le pont et, en arrivant, ils restent cloués sur place ... figés par l'horreur qu'ils ont sous les yeux ...

En cette matinée d'un des premiers jours de juillet, la situation est cruelle. Alors que de la vallée de la Bade sonnent les cloches des églises des villages environnants annonçant la fin du conflit, l'armistice devant être signé dans quelques jours, Château-sur-Bade enterre, dans son cimetière situé sur une hauteur à la sortie sud du bourg, trois de ses jeunes garçons, âgés de 16 ans.

Quelques jours plus tôt, lors du passage d'un convoi ennemi dans la cité, ce sont bien trois jeunes de la commune que Georges, le peintre en retraite, et quelques-uns de ses voisins ont découvert, abattus sur la chaussée du pont de la Bade, les corps criblés de balles, après une fusillade. Et, malgré l'horreur, ils les ont reconnus tout de suite : William, le fils cadet du patron de la scierie Martin, Antoine, le fils d'un contremaître de la même entreprise, et Victor, le fils des commerçants du bar de la Mairie.

L'émoi a été intense dans la population locale car beaucoup d'habitants connaissaient ces garçons ou, du moins, leur famille. Certes, des hommes de la commune ne sont pas revenus vivants du front de la guerre et des familles ont été endeuillées. Mais là, c'est un drame qui s'est passé dans le village, loin du lieu des hostilités, avec des soldats ennemis battant en retraite et, donc, n'ayant aucune raison d'être agressifs. Drame ayant enlevé la vie à trois jeunes.

Les trois familles ont été anéanties et ont eu besoin du soutien de leur voisinage pour tenir le coup. Mais, tout le monde s'est demandé pourquoi ces jeunes se sont retrouvés sur le pont, au moment du passage des troupes ennemies, et ce malgré les consignes de précaution données par la mairie. Et pourquoi ont-ils été abattus ? Ont-ils provoqué les soldats pour que ceux-ci aient tiré ? Sans témoin apparent, les familles meurtries n'auront sûrement jamais de réponses à toutes ces questions …

Il y a eu quelques explications orageuses entre les familles concernées. Les parents de William sont venus reprocher à ceux de Victor de les avoir laissés sortir. Les commerçants ont répondu, très justement, que leur fils n'avait qu'à rester chez lui.
En ce qui concerne la mère d'Antoine, la situation a été plus pénible car son mari n'était toujours pas rentré de la guerre. Elle n'a pas arrêté de se demander pourquoi son fils était parti vers le pont de la rivière et, également, de culpabiliser. Si elle s'était trouvée à son domicile, elle ne l'aurait pas laissé sortir, si elle avait été au courant du passage du convoi. Car, d'après ce que lui a dit sa fille, si Antoine n'était pas allé là-bas, jamais ses deux copains n'auraient cherché à l'y rejoindre.

Le maire est intervenu pour aplanir les querelles, en disant que, de toute façon, les reproches ne feraient pas revenir leurs fils. Surtout que les autorités locales avaient elles aussi des raisons de culpabiliser. En effet, après en avoir parlé entre eux, le maire et ses adjoints se sont rendu compte qu'aucun n'était passé dans ce coin du village pour prévenir les habitants. Le quartier ouvrier est à l'écart de la rue principale et, comme le temps pressait, chacun pensait plus à prévenir les riverains de cette artère et des rues adjacentes que de quadriller tout le village.

C'est pour cela que, en guise de solidarité, le maire a proposé aux familles de prévoir les trois enterrements ensemble, après le retour du père d'Antoine.

Les familles, finalement, ont accepté d'unir leur peine. Après une petite cérémonie religieuse à l'église du village, où beaucoup d'habitants de Château-sur-Bade et des

environs n'ont pu rentrer, faute de place, pour se recueillir devant les trois cercueils, les parents, accompagnés et soutenus par leurs proches, se retrouvent au cimetière de la cité. Il y a là non seulement les familles mais également les voisins, les copains et copines des trois garçons, notamment, Jules qui reste le dernier de « La bande des quatre ». Beaucoup de personnes lui jettent un regard compatissant. Et, à voir son visage fermé, les gens se disent que l'adolescent doit se demander pourquoi, le jour du drame, il n'était pas avec ses camarades, comme d'habitude.
Marylise, « la fiancée d'Antoine », est bien sûr très touchée. Elle est avec ses parents à côté de la famille d'Antoine. Le visage pâle, les yeux rougis, on devine qu'elle aura du mal à oublier celui avec qui elle envisageait sûrement de passer sa vie …

Partie 2

Après la fin du conflit, la paix signée, le pays, enfin libéré de ses occupants, a commencé à se reconstruire.

Dans le village de Château-sur-Bade et ceux de la commune, aussi, la vie a repris, petit à petit, son aspect d'avant. Les hommes encore sur le front du conflit sont revenus, au fur et à mesure de leur démobilisation, dans leur famille. Quand ils ont tous été présents, le maire a organisé une petite cérémonie. Quelque chose de très simple, un discours pour saluer leur courage et rendre hommage aux soldats de la commune, morts pour le pays. Leurs noms seront bien sûr inscrits sur le monument aux morts. Mais, la population recueillie devant la mairie s'est vite dispersée, une fois la cérémonie terminée. Personne n'avait vraiment le cœur à s'attarder pour discuter en pensant aux disparus et à leurs familles.

La fête pour célébrer la victoire sera pour plus tard, une fois que les plaies commenceront à se refermer ou, peut-être, l'année prochaine pour le premier anniversaire de la signature de l'armistice.

Dans les villages des communes environnantes, des fêtes ont bien eu lieu pour célébrer la fin de ce conflit. Mais, à Château-sur-Bade, en plus de la mémoire à honorer des hommes morts au combat, il y a eu une tragédie que les autres communes voisines n'ont pas connue. Celle de trois jeunes garçons, abattus, tués, par des soldats ennemis, sur le territoire même du village. Et les habitants de la commune et des environs y pensent, ou en parlent entre eux, tous les jours.

L'été a été difficile pour les familles des trois jeunes. Les parents, à part la mère de William qui était mère au foyer, n'ont repris leur travail qu'à la fin de la saison. Le père de William avait laissé la direction de la scierie à ses sous-directeurs et les parents d'Antoine avaient été mis en congé. Bernard et Lucette, les parents de Victor, avaient fermé leur bar. Ces adultes sont peu sortis et ont préféré, la plupart du temps, rester à leur domicile.

Les plus jeunes ont été anéantis. Le frère de William, les sœurs d'Antoine et de Victor sont restés, avec leur peine, dans leurs foyers. Peu d'habitants de Château-sur-Bade ont vu les membres des trois familles. Seuls des proches ou des voisins leur ont rendu visite pour les soutenir ou leur faire des courses.

Marylise et Jules, eux aussi, ont accusé le coup. La jeune fille a passé l'été chez elle, avec son chagrin. Jules, lui, est resté avec ses parents à la ferme et plus personne ne l'apercevait avec son vélo dans les rues du village.

Une enquête a été menée par la gendarmerie locale pour connaître les circonstances exactes de ce drame. Les forces de l'ordre ont voulu comprendre les raisons non seulement de la présence des trois adolescents sur le pont au moment du passage du convoi ennemi mais, également, du déclenchement des tirs des soldats.

Les parents de Victor ont culpabilisé de ne pas s'être aperçus que leur fils et son copain William avaient quitté la maison. Ils ne se sont rendu compte de leur absence que lorsque les gendarmes sont venus leur annoncer la terrible nouvelle !
Après un moment de stupeur, ils se sont renvoyés des reproches, l'un accusant l'autre de ne pas avoir assez surveillé Victor et ses agissements. Après cette altercation, on peut se demander si le couple, fragilisé, résistera à cette tragédie. En tout cas, ils ont répondu aux forces de l'ordre qu'ils ignoraient pourquoi les

garçons avaient quitté la maison alors qu'ils étaient forcément au courant du passage des troupes ennemies dans le bourg.

Seule la sœur d'Antoine a pu apporter quelques précisions. Interrogée avec tact par les gendarmes et en présence de ses parents, elle leur a répondu, avec beaucoup de courage, ce qu'elle avait déjà raconté. Son frère était parti après le repas de midi qu'ils avaient pris ensemble à la maison. Antoine lui a simplement dit qu'il partait faire un tour au pont de la Bade. Comme il avait l'habitude d'y aller et que personne ne les avait prévenus que des soldats ennemis allaient passer dans le village, elle ne s'était pas inquiétée. Mais lorsque William et Victor sont arrivés pour voir son frère et qu'ils lui ont annoncé la nouvelle, elle a paniqué. Les deux copains l'ont rassurée en lui disant qu'ils allaient vite rejoindre Antoine et se cacher avec lui.

Si bien que Jeanne a attendu, fébrilement, le retour de sa mère pour lui en parler, avant qu'elles apprennent l'horrible nouvelle !

Ce témoignage a permis de savoir pourquoi les trois copains se sont retrouvés à proximité du pont, mais une question restait en suspens : en admettant qu'Antoine ait eu envie d'aller tout simplement se promener à cet endroit, pourquoi s'est-il retrouvé sur le pont avec ses deux copains au lieu de se cacher ?

Et malheureusement, sans autre témoignage, c'est une question qui demeurera sûrement sans réponse …

Pour les circonstances de la fusillade, le témoignage de Georges, le peintre en retraite, a été capital. Habitant la dernière maison dans la rue principale avant le pont et ayant laissé sa fenêtre entrouverte, il a bien précisé aux gendarmes qu'il avait perçu un coup de feu avant les cris des soldats et la fusillade. Et comme il comprend la langue des anciens occupants du pays, il a entendu un soldat dire qu'il pensait qu'on les attaquait. Pour Georges, les soldats ennemis ont cru que c'étaient les garçons présents sur le pont qui leur avaient tiré dessus, d'où leur réplique, laissant croire qu'ils s'étaient sentis menacés.

Les enquêteurs comprenaient bien le raisonnement de Georges mais, comme les trois garçons n'avaient pas d'arme, ils se sont interrogés : qui a pu tirer ce coup de feu et a-t-on vraiment tiré sur les soldats ennemis pour les forcer à riposter ?

Les forces de l'ordre locales, aidées par le maire, ont bien essayé de contacter l'état-major adverse pour retrouver les soldats du convoi, ou du moins leurs chefs, et savoir si on leur avait vraiment tiré dessus. Mais, devant la débâcle qui a suivi la capitulation, les troupes ont été arrêtées et les soldats faits prisonniers et disséminés dans différents camps. Si bien que, du côté ennemi, il n'a pas été possible d'avoir des renseignements.

Les gendarmes ont pensé à des actes de résistance. Mais, cette idée était quand même impensable car la guerre était finie et les troupes ennemies battaient en retraite. Donc, pourquoi des autochtones se seraient risqués à de telles actions sachant que des représailles étaient toujours possibles ? De plus, il n'y avait jamais eu d'actes de résistance autour de Château-sur-Bade. Cependant, les forces de l'ordre ont quand même réfléchi à cette possibilité.
En se rendant sur les lieux, ils ont constaté que d'éventuels tireurs auraient pu se cacher dans les bois surmontant le pont. Ils sont allés interroger les habitants des quelques fermes se trouvant sur les hauteurs pour savoir s'ils avaient constaté des mouvements ou des passages inhabituels, l'après-midi du drame. Mais personne n'avait rien remarqué !

Et, là aussi, c'est une autre question qui restera sûrement sans réponse : d'où venait ce coup de feu qui, apparemment, était à l'origine de la riposte des soldats ?

L'arrivée du mois de septembre, correspondant à la rentrée scolaire, a été aussi un moment difficile pour les trois familles. Car, comme tous leurs camarades du même âge, William, Antoine et Victor auraient dû partir continuer leur scolarité dans un des lycées du chef-lieu du département, Litugué, situé à une trentaine de kilomètres de Château-sur-Bade. Et, situation encore plus cruelle, ils étaient inscrits tous les trois dans le même établissement d'enseignement général.

Au fil du temps, des changements ont été visibles dans les familles, touchées par ce drame.
Le père de William n'était plus présent que le matin pour diriger son usine. Il laissait de plus en plus de responsabilités à ses deux sous-directeurs. Il lui tardait que son fils ainé finisse ses études de commerce pour reprendre l'entreprise familiale. Mais, comme le frère de William venait juste de les commencer, il

faudra attendre encore deux ans pour qu'il obtienne son diplôme. Cela permettra au père de William de rester à son domicile pour être auprès de sa femme continuellement. Car, s'il a décidé de ne travailler que le matin, c'est non seulement parce qu'il n'a plus le goût de diriger la scierie mais aussi pour rester aux côtés de son épouse.

Celle-ci a fait une lourde dépression, se reprochant sans cesse d'avoir laissé William sortir lors de ce maudit après-midi !

C'est pour cela que son mari ne veut pas la savoir seule au domicile, craignant un geste fatal. Le matin, une dame vient lui tenir compagnie et faire du ménage dans la maison et lui est présent le reste de la journée.
Les matins des jours de la semaine où l'usine est ouverte, le père de William a pris l'habitude d'aller discuter régulièrement avec le père d'Antoine, pendant la pause de ce dernier. Cela

leur fait du bien à tous les deux de parler de leurs fils disparus, de partager de douloureux souvenirs. Même si les deux familles ne se côtoyaient pas souvent, conditions sociales obliges, ils se rappellent les anniversaires fêtés au domicile de chacun, les rencontres lors de regroupements dans le bourg à l'occasion de cérémonies, les goûters des noëls de l'usine. Et aussi, plus récemment, quand ils se retrouvaient au bord du terrain de football pour encourager leurs garçons, avec leurs camarades, lors de rencontres de l'équipe formée par un professeur du collège.

Le père d'Antoine est un très bon employé, compétent et apprécié par l'ensemble du personnel. Aussi, il a été nommé à un poste de chef-contremaître. Il a la responsabilité d'une équipe au sein de l'entreprise.
Les parents d'Antoine ont déménagé. Sa mère ne voulait plus rester dans leur maison du quartier ouvrier, cet endroit lui rappelant trop

ce moment où elle n'a pas été là pour empêcher son fils d'aller se faire tuer. Ils ont trouvé à louer une petite maison avec un jardin, dans un hameau, au sud-ouest de Château-sur-Bade.

Loin du bourg, de la rue principale et de ce maudit pont !

Certes, la location est plus importante que celle d'une maison d'ouvrier au loyer peu élevé, mais sa promotion a permis au père d'Antoine d'avoir un meilleur salaire. Et donc, le couple n'a pas de problème pour payer ce supplément. Sa femme n'a même plus besoin de faire des ménages, elle a simplement gardé son emploi de secrétaire à mi-temps à la mairie de Château-sur-Bade.

Ce drame a, en apparence, plus touché les femmes que les hommes ou, du moins, les effets se voient plus chez ces dernières. Il est vrai que dans les campagnes, les hommes, en général, montrent moins leurs sentiments. Ils sont plus durs, intériorisent plus ce qu'ils ressentent. Cela se perçoit aussi du côté des parents de Victor.

Déjà, le bar qui était ouvert tous les jours et même tous les soirs, est fermé le dimanche et la plupart des soirées. A présent, le père de Victor tient à lui tout seul le commerce, sa femme préfère rester à l'arrière de la maison, dans la cuisine, ou à l'étage, dans les chambres. On devine qu'elle aussi doit penser à ce moment où son fils est sorti. Ah, si elle s'était plus occupée de lui, si elle avait été avec lui, elle l'aurait empêché de sortir, au lieu d'être toujours dans ce bar !

Maudit commerce ! Maudit travail !

La mère d'Antoine passe la voir régulièrement, en sortant de son travail à la mairie, située sur la même place. Et, c'est bien sûr l'occasion, pour elles aussi, de se rappeler des bons moments vécus avec leurs garçons.

Aux dernières nouvelles, les parents de Victor ont mis en vente leur commerce, signe qu'eux aussi ne veulent pas rester dans un endroit qui leur rappelle un trop mauvais souvenir …

Pendant l'année scolaire, deux adolescents de Château-sur-Bade se sont rapprochés. Il s'agit bien sûr de Jules, le dernier de « La bande des quatre garçons », et de Marylise, « La petite amie d'Antoine ».
Ce rapprochement a été tout à fait naturel par rapport aux affinités qu'ils avaient avec les disparus. C'était l'occasion de se rappeler aussi des moments vécus ensemble et, même, avec d'autres jeunes du village, le plus souvent dans l'insouciance de leur âge.

La plupart des lycéens de Château-sur-Bade sont pensionnaires dans un établissement du second degré de Litugué. La distance entre les deux localités n'est que d'une trentaine de kilomètres, mais beaucoup de parents ont choisi pour leurs enfants cette solution de la pension. Cela évite les départs de très bonne heure le matin pour Litugué, pour être à 8 heures au début des cours, dans les différents établissements du second degré. De même pour les fins d'après-midi, les cours se finissant à 17 heures, les jeunes arriveraient un peu tard chez eux, avec, en plus, les devoirs à faire.

En conséquence, les parents préfèrent que leurs enfants soient en étude où ils peuvent faire leurs devoirs, qui plus est aidés par des surveillants, plutôt que de passer du temps dans les transports. Marylise et Jules, étant pensionnaires, se retrouvent ainsi dans le car qui fait les trajets, le lundi matin pour l'aller et le vendredi en fin d'après-midi pour le retour.

Ils ne sont pas dans le même établissement, Marylise étant dans un lycée d'enseignement général du centre-ville, celui où William, Antoine et Victor auraient dû être eux aussi.

Comme il a l'intention de prendre la succession de la ferme de ses parents, Jules est inscrit pour préparer un diplôme agricole dans un établissement spécialisé dans ce domaine, situé à l'extérieur de la ville. Donc, une fois arrivé à Litugué, il est obligé de prendre un autre car pour faire le trajet supplémentaire et se rendre sur place.

Le week-end, Marylise et Jules n'ont pas l'occasion de se voir à Château-sur-Bade.
Il est vrai que la vie chez les jeunes de leur âge n'est plus la même depuis la tragédie. Il n'y a plus de regroupements spontanés dans les rues du village, sur la place de la Mairie, de promenades à vélo, … Les jeunes restent chez eux, encore trop marqués par la disparition de leurs copains. Même l'équipe de foot des garçons a été dissoute, personne n'ayant eu le cœur de continuer sans leurs trois équipiers.
Marylise, qui est fille unique, préfère, elle aussi, rester chez elle, avec ses parents et une de ses grands-mères qui habite avec eux. La seule sortie qu'elle fait, chaque samedi après-midi, c'est aller rendre visite aux parents et à la sœur d'Antoine. Son père l'amène en voiture comme la famille a déménagé dans un hameau à quelques kilomètres du bourg. Marylise y

passe un bon moment avec Jeanne. Malgré leur différence d'âge, Marylise ayant deux ans de plus, elles s'entendent bien et ont beaucoup de points en commun. Il est vrai que Jeanne est très mature pour son âge. Le père d'Antoine ramène Marylise chez elle avant la fin de l'après-midi.

Jules, lui, reste à la ferme familiale pour continuer toujours à donner un coup de main, geste d'autant plus apprécié qu'il n'est plus là la semaine.

Finalement, Marylise et Jules se voient plus souvent à Litugué qu'à Château-sur-Bade. Le mercredi après-midi est libre pour les pensionnaires des établissements de la ville. Les lycéens ont le choix entre soit rester dans leur établissement soit sortir en ville, mais ce, avec l'autorisation des parents. Marylise n'a pas souhaité avoir cette autorisation, préférant rester au lycée pour lire et faire ses devoirs.

Mais, après les premières petites vacances scolaires, ayant commencé fin octobre pour finir début novembre, Jules, qui lui, avait l'aval de ses parents pour cette sortie, lui a proposé de se retrouver un moment les mercredis après-midi, pour aller se promener en ville. Après avoir demandé à ses parents, qui ont trouvé l'idée bonne, Marylise a pris l'habitude d'aller attendre Jules, en début d'après-midi, à l'arrivée du car qu'il doit prendre depuis son lycée.

Les deux adolescents arpentent les rues commerçantes du centre-ville, font du « lèche-vitrine », s'achètent un beignet ou des « marrons chauds », en fonction de leur envie, qu'ils vont manger dans un des jardins publics de Litugué. A la fin de l'année, ils ont apprécié les décorations de Noël, dans les rues et les vitrines des commerces ...

A Château-sur-Bade, les illuminations pour les fêtes de fin d'année ont, en revanche, été très sobres. La municipalité ne voulait pas risquer de froisser la sensibilité des familles touchées par une disparition encore récente. Seules quelques guirlandes ont orné des rues et les commerçants, eux aussi, ont placé des décorations très sommaires dans leurs vitrines. Le sapin, planté à côté de la mairie, n'a pas été décoré comme les autres années avant la guerre. Il est vrai que beaucoup de drames étaient encore présents dans l'esprit des habitants du village, d'autant plus qu'il s'agissait des premières fêtes de fin d'année depuis certaines tragédies. Les familles ont préféré rester ensemble, ce qui était bien compréhensible.

Le maire, une fois la nouvelle année commencée, a quand même souhaité inviter l'ensemble de la population de la commune à l'occasion de ses vœux, comme il le fait au début de chaque mois de janvier, en espérant avoir un maximum de personnes. Avec l'accord de son conseil municipal, il a envoyé une invitation à chaque famille et une réception a été organisée, non pas à la mairie comme les années précédentes, mais dans la salle des fêtes de la commune, située à l'extérieur du bourg, qui peut accueillir beaucoup plus de monde.

L'idée était de commencer, autour d'un buffet, une nouvelle année avec, si possible, un moral un peu retrouvé et en laissant les mauvais souvenirs de côté, le temps d'un moment convivial.

Cette initiative de la municipalité a été bien acceptée. Beaucoup de familles ont répondu à cette invitation. Alors que les autres années peu de personnes se déplaçaient pour les vœux du maire, cette fois-ci, la grande salle des fêtes était presque trop petite pour accueillir les personnes présentes. On sentait que les gens avaient envie de retrouver une certaine joie de vivre, après ces années de conflit et les drames qui ont suivi. On voyait des sourires pendant des conversations, on entendait des rires au milieu de groupes formés spontanément.

Des familles des trois jeunes garçons abattus sur le pont de la Bade, seul le père de William a fait une apparition assez brève. En tant que propriétaire de la plus grande entreprise de la commune, il est venu saluer quelques personnes, mais il ne s'est pas attardé. Les parents d'Antoine et de Victor, eux, ne sont pas venus …

Marylise et Jules se sont retrouvés en compagnie d'autres jeunes de leur âge pour passer ce moment. Ce fut l'occasion, notamment, d'évoquer les fêtes familiales, chacun parlant des cadeaux qu'il avait reçus.

Petit à petit, la vie a repris son cours normal à Château-sur-Bade. Quand sont arrivés les premiers beaux jours avec l'annonce du printemps, on a vu, à nouveau, le week-end ou pendant les petites vacances scolaires, des groupes de jeunes se retrouver dans les rues du village, se regrouper sur la place de la Mairie pour discuter, se balader à vélo, …
Jules a ressorti le sien et il a pris l'habitude d'aller chercher souvent Marylise chez elle, pour l'accompagner rejoindre le groupe de ses copines. Certaines d'entre elles avaient « un amoureux ». Jules, lui, n'avait pas retrouvé de copains. Mais, il restait à côté de Marylise et tout le groupe l'acceptait.

A Litugué aussi, les mercredis après-midi de Marylise et de Jules ont changé un peu, après les congés scolaires du printemps. Ils se retrouvaient toujours pour aller se promener dans quelques rues commerçantes mais la balade à deux durait de moins en moins longtemps. Car, au bout d'un moment, Marylise proposait de rejoindre des camarades de sa classe dans un jardin public du centre-ville, proche de leur lycée.

Les beaux jours arrivants, un petit groupe de ses copains avait pris l'habitude de se regrouper sur les pelouses, dans un coin du jardin. Des filles et des garçons que Jules ne connaissait pas, car ils n'étaient pas de Château-sur-Bade. Lui, toujours timide, ne disait pas grand-chose mais il restait avec eux pour passer ces moments. Il les écoutait parler de leurs villages pour ceux qui n'habitaient pas à Litugué, de leurs loisirs. Beaucoup aimaient la musique. Parmi les garçons, quelques-uns jouaient au foot et, pour les filles, certaines faisaient de la danse.

A l'approche de l'été et des fortes chaleurs, le groupe de lycéens ne restait qu'un moment sur les pelouses du jardin public. Vers le milieu de l'après-midi, Marylise et ses camarades de classe allaient prendre un verre à la terrasse d'un bar situé sur la grande place où se trouvait leur lycée avant, pour les pensionnaires, de rejoindre leur établissement. Jules ne les accompagnait pas car c'était l'heure à laquelle il devait prendre son car pour rejoindre son lycée agricole.

Les mercredis du mois de juin, les lycéens avaient moins de temps pour se retrouver, l'après-midi, en dehors de leur établissement. La fin de l'année scolaire approchant, ils devaient penser à la suite de leur scolarité et avaient des réunions avec des conseillers. Même si la plupart voulaient continuer dans l'enseignement général, certains pensaient prendre une autre orientation. Aussi, pour les pensionnaires, il fallait commencer à récupérer et à ranger leurs affaires. Si bien qu'ils ne se retrouvaient que vers le milieu de l'après-midi, directement à la terrasse du bar, là où ils avaient pris « leur quartier », pour passer quelques derniers bons moments, en pensant aux grandes vacances d'été.

Justement, pour le dernier mercredi, Marylise vient de rejoindre ses camarades de classe. Elle avait encore des papiers à récupérer et ses dernières affaires à ranger, l'année scolaire se finissant dans deux jours.
Elle est à peine assise sur une chaise de la terrasse ombragée du bar qu'elle jette un coup d'œil au groupe et demande :
- Mais, Pierre n'est pas avec vous ? Vous ne l'avez pas vu ?
- Si, il est passé tout à l'heure, mais il nous a dit qu'il devait voir quelqu'un, qu'il n'en avait pas pour longtemps et qu'il revenait bientôt, lui répond Jean, un des meilleurs copains de Pierre.
- Il vous a précisé qui était cette personne ? insiste Marylise.
- Non, il nous a simplement dit qu'ils devaient se retrouver à l'entrée du garage de l'hôtel

Central, tu sais l'entrée qui est situé derrière l'établissement, rue des Sapeurs, je crois.

- Ce n'est pas possible ! s'écrie Marylise, en se levant brusquement et en partant en courant, laissant ses camarades à leur surprise.

Elle a un mauvais pressentiment et traverse, complètement affolée, les quelques rues qui séparent la place où il y a le bar de la rue des Sapeurs. Elle ne fait même pas attention à la circulation et n'entend pas les klaxons des voitures obligées de freiner brusquement devant elle pour ne pas la renverser.

Connaissant l'entrée du garage, elle y arrive rapidement mais complètement essoufflée.

- Pierre, tu es là ? Pierre, tu m'entends ? parvient-elle à articuler.

Elle s'avance dans le garage et voit, tout à coup, Pierre sortir de derrière une voiture … avec un bras ensanglanté !

- Mais qu'est-ce que tu as ? Que s'est-il passé ?

Et, avant que Pierre n'ait le temps de répondre quoi que ce soit à Marylise, celle-ci aperçoit une silhouette sortant du garage et s'enfuyant dans la rue.

Son pressentiment s'est confirmé ... car il lui semble bien avoir reconnu cette silhouette ...

Partie 3

- Pierre, il faut te faire soigner ! s'affole Marylise.
- Non, ce n'est pas la peine, répond Pierre.
- Si, regarde ton bras saigne ! Tu es blessé ! Je vais essayer de trouver quelqu'un.

Alors que Pierre s'adosse à l'une des voitures du garage, apparemment plus secoué qu'il n'y parait, Marylise sort dans la rue et interpelle une dame qui passe en promenant son chien. Elle lui explique que son ami s'est fait attaquer à l'intérieur du garage et qu'il est blessé.

- J'habite juste à côté. Je rentre chez moi et j'appelle les pompiers, lui répond la dame.

Marylise la remercie et rentre vite dans le garage rejoindre Pierre. Toujours appuyé contre une voiture, celui-ci tient son bras blessé, le teint pâle. Elle le rassure en lui disant que les secours vont arriver, prend un mouchoir propre dans son sac et l'applique sur la blessure pour essayer d'arrêter le saignement.

Les pompiers, arrivés rapidement sur les lieux, ont examiné le bras de Pierre. Comme la blessure n'est pas profonde mais superficielle, ils ont pu soigner Pierre sur place, dans leur camion. Après l'avoir désinfectée, les secouristes ont posé des points de suture pour bien refermer l'entaille.

Après leur avoir demandé ce qu'il s'était passé et l'origine de la blessure, les pompiers ont appelé les policiers. Dans le cas d'une agression, les forces de l'ordre sont prévenues car une enquête doit être menée. Et, d'après les témoignages des deux adolescents, il s'agit bien d'une agression, avec un objet coupant, sûrement un couteau. Les policiers les ont donc fait monter dans un de leurs véhicules pour les conduire au poste de police du centre-ville et enregistrer leurs dépositions.

Marylise et Pierre ont raconté les événements tels qu'ils se sont passés, tels qu'ils les ont vécus ...

Une fois les dépositions des deux jeunes gens enregistrées, et avant de commencer leur enquête pour envisager la suite à donner à cette affaire, les policiers ont souhaité que les parents des deux adolescents soient prévenus.

Pour Pierre, son père est venu le chercher au poste de police. Il est dans la même classe que Marylise mais n'est pas pensionnaire car il habite dans le centre de Litugué. Les forces de l'ordre ont fait un compte-rendu, au père de Pierre, des événements ayant causé la blessure. Ce dernier a accusé le coup car il a bien compris que l'agression aurait pu avoir des conséquences beaucoup plus graves.

Les policiers lui ont assuré qu'une enquête était ouverte, que tout allait être mis en œuvre pour interpeller l'auteur de l'agression et qu'il serait tenu au courant des résultats. De toute façon, le père de Pierre a indiqué aux forces de

l'ordre qu'il voulait porter plainte. Une fois les démarches effectuées, les policiers lui ont donné l'ordonnance rédigée par le médecin des pompiers, car son fils doit avoir des soins réguliers, pendant quelques temps, pour que la plaie se cicatrise bien.
- Merci, je vais bien sûr suivre les indications de l'ordonnance mais, étant moi-même médecin, j'aurais su soigner la blessure, précise le père de Pierre.

Pour Marylise, les forces de l'ordre ont préféré la laisser appeler elle-même ses parents pour éviter de les paniquer s'ils avaient été directement prévenus par la police. Ils voulaient venir la chercher mais elle les a rassurés en leur disant que, si elle se trouvait au poste de police, c'est qu'elle avait été simplement témoin d'une agression et qu'elle avait dû faire une déposition. Elle ne souhaitait pas les inquiéter davantage. Elle préférait leur expliquer les circonstances exactes de vive voix, vendredi après-midi, car, pour le dernier jour de lycée, il est prévu qu'ils viennent la chercher à Litugué, comme elle aura beaucoup d'affaires à emporter.

Ensuite, les policiers l'ont amenée au lycée, car elle aurait dû déjà être rentrée, l'heure de la fin de l'autorisation de sortie étant passée. Les forces de l'ordre ont expliqué au surveillant de service les raisons pour lesquelles Marylise avait été retenue dans leurs locaux, ce qui justifiait indéniablement son retard.

Sans perdre de temps, les policiers chargés de l'enquête se sont présentés à l'accueil d'un lycée agricole, situé à une dizaine de kilomètres, à l'ouest de Litugué. Ils ont demandé au surveillant présent à voir le proviseur. Celui-ci occupant un logement de fonction dans l'établissement, a reçu rapidement les forces de l'ordre dans son bureau.

Ces derniers lui ont expliqué les événements survenus, dans l'après-midi, dans le centre de Litugué. Et d'après les témoignages, l'auteur de l'agression est un des pensionnaires du lycée. Les policiers sont donc venus l'interpeller. Le directeur les a accompagnés dans le réfectoire car c'était l'heure du repas du soir.

Le groupe composé des forces de l'ordre et du proviseur avait à peine pénétré dans la salle qu'un élève s'est levé précipitamment pour s'enfuir par la porte d'entrée. Un policier, se doutant qu'il s'agissait du pensionnaire qu'ils étaient venus interpeller, ses collègues et lui, a réussi à attraper le fugitif par un bras.

Celui-ci s'est mis à gesticuler et à crier qu'il n'avait rien fait. Devant les élèves abasourdis, les policiers ont dû s'y prendre à plusieurs pour neutraliser l'adolescent, un beau gaillard âgé de 17 ans, se débattant dans tous les sens. Tant bien que mal, ils sont parvenus à l'amener dans le bureau du directeur.

Après avoir fait asseoir l'élève interpellé en face de lui, un des policiers a pris la parole. Ses collègues surveillaient de près le lycéen, si l'envie de s'enfuir le reprenait encore, le proviseur se tenant à l'écart dans la pièce.
- Bonjour, je suis l'inspecteur principal Eugène Duval, du commissariat central de Litugué. Vu ton attitude, tu dois être … Jules Durand. C'est bien toi qui as agressé cet après-midi, dans le garage d'un hôtel du centre de Litugué, Pierre Lavigne, apparemment avec un couteau ?
- Non, ce n'est pas moi !
- Pierre, qui te connaît, nous a bien dit que c'était toi qui l'avais agressé et, de plus, tu as été aperçu par Marylise Delmas au moment où tu t'enfuyais du garage, répond fermement l'inspecteur. Pourquoi as-tu fait ça ?
- …
- De toute façon, Pierre nous a tout raconté, il nous a donné la raison de ton geste. On va voir la suite à donner !

Jules ne répond pas, il baisse la tête, faisant comprendre qu'il ne dira plus rien ...

En effet, d'après les déclarations de Pierre, c'est bien Jules qui lui avait donné rendez-vous et qui l'a agressé. Et, d'après le témoignage de Marylise, c'est bien Jules qu'elle a reconnu et qu'elle a vu s'enfuir du garage ...
C'est pour cette raison que les policiers se sont rendus au lycée agricole fréquenté par Jules pour interpeller ce dernier.

Mais pourquoi a-t-il eu cette attitude et pourquoi a-t-il agressé Pierre ?

Dans l'après-midi, après avoir été conduits au poste de police à la suite de l'agression, les deux adolescents, réunis dans le même bureau, ont chacun fait une déposition pour raconter les événements.

C'est Pierre, le visage pâle et marqué, que les policiers ont interrogé en premier.
« A midi, en sortant du lycée après mes cours du matin et alors que je me dirigeais vers mon domicile pour le repas, j'ai été interpellé par Jules. Il m'a surpris au coin d'une rue, il était dissimulé dans une porte cochère. Je le connaissais puisqu'il accompagnait toujours Marylise, les mercredis, quand on se retrouvait en bande pour passer l'après-midi.
Jules n'est pas dans notre lycée mais je sais que Marylise et lui sont copains d'enfance, étant originaires du même village. Il est pensionnaire dans un établissement à l'extérieur de Litugué. D'ailleurs, j'ai été surpris qu'il soit là, à cette heure, alors que je savais

qu'il devait prendre un car en début d'après-midi. Il m'a dit qu'il s'était arrangé avec son lycée pour partir plus tôt. En fait, s'il était là, c'est qu'il voulait me parler.

Il m'a demandé que l'on se retrouve vers 16h30 à l'entrée du garage de l'hôtel Central car il avait quelque chose de très important à me confier. Il m'a dit que je devais connaître l'endroit. Comme j'habite dans le centre de Litugué, c'est en effet une adresse que je connais. Je lui ai répondu qu'il pouvait me parler là tout de suite mais il a insisté pour que l'on se retrouve plus tard, en me demandant de ne pas dire qu'il avait rendez-vous avec moi. N'ayant rien à faire de particulier dans l'après-midi, si ce n'est retrouver la bande à la terrasse de notre bar habituel « Chez Alice », sur la place de notre lycée, je lui ai dit que c'était d'accord. Je l'ai quitté et, sur le trajet pour finir d'arriver chez moi, je me suis demandé ce qu'il avait de si important à me dire et pourquoi il faisait tous ces mystères...

Vers 16h, avant d'aller rejoindre Jules au garage de l'hôtel Central comme convenu, je suis passé à la terrasse du bar pour prévenir les copains qui étaient déjà arrivés. Je leur ai simplement dit que je devais voir quelqu'un, sans dire de nom puisque Jules m'avait demandé de ne pas donner son identité, mais en précisant le lieu et que je n'en avais sûrement pas pour longtemps, que je revenais bientôt. Puis, je suis allé dans la rue où il y a l'entrée du garage.

Comme souvent dans la journée, les propriétaires de l'hôtel laissant toujours le garage ouvert pour permettre à leurs clients de circuler librement, le portail était ouvert mais Jules n'était pas là. Pensant qu'il était en retard, je commençais à l'attendre quand j'ai entendu qu'on m'appelait à l'intérieur du local. Jules était en partie caché entre deux voitures et il me faisait signe de le rejoindre. J'ai hésité à rentrer dans le garage comme c'est un endroit privé mais il m'a chuchoté qu'il n'y avait personne. J'ai été un peu surpris de son attitude mais je ne me suis pas plus méfié que ça.

Juste au moment où je le rejoignais entre les deux véhicules, Jules a sorti ... un couteau de sa poche et m'a menacé ! Il m'a dit que je n'avais pas le droit de lui prendre ... Marylise ... qu'elle était à lui ... et qu'il nous avait vus nous embrasser mercredi dernier et justement à l'entrée de ce garage ! J'étais prêt à lui répondre quand il a visé ma poitrine avec son couteau. J'ai eu juste le réflexe de m'écarter sur le côté, c'est pour cela qu'il m'a blessé seulement à un bras. A ce moment-là, Marylise est arrivée à l'entrée du garage et m'a appelé. Jules a pris peur et s'est faufilé entre des voitures pour s'enfuir du garage.

Franchement, si Marylise n'était pas arrivée, je ne sais pas ce qui aurait pu se passer. Est-ce que Jules aurait essayé encore de m'attaquer ? Est-ce que j'aurai pu me défendre ? Est-ce que j'aurai eu le temps de m'échapper ? »

Pierre s'est arrêté. Les enquêteurs l'ont laissé souffler un moment puis lui ont demandé s'il avait d'autres propos à ajouter.

Il a repris.

« J'ai compris que si Jules avait eu cette attitude, c'est par rapport à Marylise. Je pense qu'il doit être amoureux d'elle. C'est vrai qu'avec Marylise, comme on est dans la même classe, on s'est rapprochés cette année. On a appris à se connaître, en passant beaucoup de temps ensemble au lycée. On est bien tous les deux et je crois qu'on a des sentiments l'un pour l'autre. Et c'est vrai que, mercredi dernier, on est allés se promener en ville. Et, avant de rejoindre le bar pour retrouver les copains, on est passés devant l'entrée du garage de l'hôtel et là, pour la première fois, je l'ai embrassée. Mais je n'ai pas aperçu Jules, je ne savais pas qu'il était là et qu'il nous avait vus. C'est sans doute pour cela qu'il m'a demandé de venir à cet endroit.

Mais bon, je ne pense pas que Marylise soit amoureuse de lui, sinon elle n'aurait pas accepté que l'on se rapproche tous les deux. Je pense que pour elle, Jules est un bon copain, c'est tout. Aussi, je trouve son geste assez grave, car je crois qu'il a voulu me … tuer … pour se débarrasser de moi … pour garder Marylise pour lui tout seul ! »
A cette évocation, Pierre se mit à frémir de peur.

Après ces déclarations saisissantes, qui prouvent bien que l'agression aurait pu avoir des conséquences dramatiques, les policiers ont entendu la déposition de Marylise.
« Quand Jean, un des copains de Pierre, m'a dit qu'il était parti voir quelqu'un à l'entrée du garage de l'hôtel Central, j'ai tout de suite pensé à Jules. Car, mercredi dernier, quand on s'est embrassés avec Pierre, je l'ai aperçu. Il était dans la rue et il nous regardait. Est-ce qu'il nous avait suivis ? Est-ce que sa présence

à cet endroit était une coïncidence ? Je ne sais pas. J'aurais voulu lui demander, j'aurais voulu lui expliquer certaines choses, notamment qu'avec Pierre, on s'était en effet rapprochés. Mais, depuis quelques temps, alors que l'on faisait ensemble les trajets depuis Château-sur-Bade, le village où l'on habite, cela faisait plusieurs jours que je ne le voyais plus.

En fait, depuis l'avant-dernier week-end de l'année scolaire. En arrivant par le car de Litugué, le vendredi en fin d'après-midi sur la place, et avant de rejoindre la voiture de ses parents qui l'attendaient toujours car il habite à l'extérieur de Château-sur-Bade, Jules m'a dit qu'il voulait me parler, me dire quelque chose. Il m'a accompagnée un moment sur le trajet que j'emprunte pour me rendre à mon domicile car, comme j'habite dans le village, je rentre à pied chez moi. Et au détour d'une rue, il m'a attrapée par un bras et il a essayé de m'embrasser. Je me suis dégagée en lui disant que je ne comprenais pas pourquoi il avait fait ça. Là-dessus, il m'a tourné le dos et il est parti en courant.

Je voulais lui demander des explications sur son attitude mais je ne l'ai pas revu avant de l'apercevoir, mercredi dernier, dans la rue du garage de l'hôtel. J'ai été surprise qu'il ne prenne pas le car le lundi suivant ainsi que ce dernier week-end. Mais Jules n'est pas dans le même lycée que moi et je ne suis pas assez libre avec ses parents pour téléphoner chez lui et demander des nouvelles.

Je ne sais pas, avec Jules, on est copains depuis l'enfance. Et c'est vrai que, à la suite du drame qui est arrivé dans notre village l'année dernière et qui a coûté la vie à trois de nos camarades, on s'est beaucoup rapprochés. »

A ce moment, les enquêteurs présents dans le bureau se sont regardés en hochant la tête, montrant qu'ils étaient au courant de cette tragédie.

« D'après ce qu'il a dit à Pierre et comme il a voulu m'embrasser, je pense qu'il souhaitait aller plus loin dans nos relations. Mais, franchement, pour moi, c'est un bon copain, sans plus. J'espère que je n'ai rien fait pour lui faire croire le contraire… »

Marylise s'est arrêtée un moment avant de finir.

« Vu les derniers évènements, c'est pour cela que j'ai pensé tout de suite que c'était Jules qui avait donné rendez-vous à Pierre et que je me suis précipitée au garage de l'hôtel. J'ai eu peur qu'il y ait une explication entre eux deux, j'ai pensé plutôt à une dispute, voire peut-être à une bagarre … mais j'étais loin d'imaginer ce qui s'est passé… ».

Après l'interpellation de Jules à son lycée, les enquêteurs se sont concertés pour se mettre d'accord sur la suite à donner à cette agression. S'il y avait eu simplement une menace avec une arme de la part de Jules, un rappel à la loi, avec la présence des parents, aurait suffi. Mais là, et d'après les déclarations de Pierre, il y a bien eu une tentative de meurtre, voire d'assassinat car Jules avait apparemment préparé son coup. Et même s'il n'y a eu qu'une blessure, certes superficielle, les faits sont assez graves pour que les policiers décident de le placer en garde à vue, avant de préparer un dossier qui sera sûrement transmis à un juge pour mineurs.

Les policiers ont accompagné Jules dans sa chambre de pensionnaire pour qu'il prenne quelques affaires et pour récupérer l'arme de l'agression. Il s'agissait bien d'un couteau, avec une lame rétractable, que l'adolescent leur a remis sans faire d'histoire. A la question des enquêteurs, il a répondu que le couteau lui appartenait car c'était un oncle qui le lui avait ramené d'un voyage dans un pays étranger. Après avoir pris congé du proviseur, en lui disant qu'il serait tenu au courant de la suite de cette affaire, les forces de l'ordre ont fait monter Jules dans leur véhicule pour regagner le poste de police du centre de Litugué.

Arrivé à destination, l'adolescent a été conduit dans un bureau, sous la surveillance d'un policier.

Puis, l'inspecteur Duval a téléphoné aux parents de Jules.

Ceux-ci, après avoir écouté le policier et après un moment de silence indiquant leur stupeur, lui ont dit qu'ils partaient tout de suite pour venir à Litugué …

Dès leur arrivée, l'inspecteur les a amenés auprès de leur fils et les a laissés avec lui.

Après cette entrevue, les enquêteurs ont interrogé les parents pour savoir si leur fils s'était confié à eux. Ils auraient voulu connaître s'il n'y avait pas d'autres explications qui auraient justifié ce geste. Car, les enquêteurs sentaient que le père et la mère, surtout cette dernière d'ailleurs, ne croyaient pas que, seule, la jalousie était derrière tout ça. Mais ils n'ont pas réussi à faire parler leur fils. Celui-ci est resté le visage fermé ...

Après le départ de ses parents, Jules a été placé dans une cellule.

Sa mère est restée en ville. Complètement effondrée, elle n'a pas voulu repartir avec son mari. Elle a cherché un hôtel à proximité du commissariat pour revenir de bonne heure le lendemain matin, pour voir à nouveau son fils.

Le père a repris la route pour rentrer à la ferme. Comme sa femme et lui étaient partis en catastrophe, ils n'avaient pas pris le temps de fermer leurs bêtes. Même s'il laissait moins transparaître son émotion, on pouvait deviner que, lui aussi, était très touché par ce qui arrivait à son fils. Il reviendra le lendemain matin, après avoir fait l'essentiel du travail de la ferme.

Pendant toute la journée du jeudi, Jules est resté dans cet état de prostration. Non seulement, il n'a toujours pas voulu parler mais il ne s'est même pas alimenté.

L'après-midi, avec la présence de ses parents, complètement désorientés, il n'a pas réagi quand l'inspecteur Duval lui a lu le motif de sa garde à vue. Il a rajouté que ses collègues et lui avaient constitué un dossier et que, le lendemain, il serait bien présenté à un juge pour mineurs qui décidera de la continuité de cette affaire.

Personne ne s'attendait à ce coup de théâtre arrivé le vendredi, dernier jour de l'année scolaire avant les vacances d'été !
Toujours prostré depuis son interpellation, Jules a appelé un gardien de l'hôtel de police, le matin, vers 8 heures.
- Je veux voir Marylise, j'ai des choses à lui dire, des choses importantes !
Venant juste d'arriver et tout de suite prévenu, l'inspecteur Duval a fait venir Jules dans son bureau.
- Qu'est-ce que tu lui veux à Marylise ? lui a-t-il tout de suite demandé.
- Je ne veux parler qu'à elle seule !
- Non, ce n'est pas possible. Si tu as quelque chose à dire, c'est à moi que tu dois t'adresser !
- Eh bien, je ne dirai rien ! Pourtant, j'ai des révélations importantes à faire ! a répondu Jules.

Après un moment de réflexion et un coup d'œil à ses collègues déjà présents dans le bureau, Eugène Duval a repris la parole.

- Bon, écoute Jules. Il n'est pas question que tu vois Marylise tout seul. Donc, je te propose d'être présent avec vous deux comme je suis chargé de l'enquête. C'est à prendre ou à laisser !

Devant le ton toujours aussi ferme du policier, Jules lui a répondu que c'était d'accord.

- Comme elle est mineure, il faut que je prévienne ses parents. Et puis, elle est au lycée ce matin. Il faut que je voie avec le proviseur pour la faire sortir dans la journée. Le temps de tout organiser, on peut prévoir la rencontre en début d'après-midi, a rajouté l'inspecteur.

Jules a été reconduit dans sa cellule. Dans le couloir, sa mère, qui avait passé une deuxième nuit à Litugué, était déjà là pour voir son fils. La pauvre dame s'est bien avancée pour lui parler mais Jules n'a même pas eu un regard pour elle.

L'inspecteur Duval l'a bien sûr informée du désir de son fils de parler à Marylise car il avait des révélations importantes à dire. Il les tiendrait donc au courant, son mari et elle, du contenu de l'entrevue.

Marylise et Jules se sont retrouvés sous le coup de 14 heures dans le bureau de l'inspecteur principal Duval.

Ce dernier avait prévenu les parents de l'adolescente qui étaient déjà arrivés dans les locaux de la police. De toute façon, ils seraient venus à Litugué pour prendre toutes les affaires de leur fille en ce dernier jour de pensionnat. Ils sont juste venus plus tôt.

L'inspecteur était allé chercher Marylise à son lycée, expliquant au proviseur qu'elle avait une confrontation dans le cadre de l'agression dont elle avait été témoin.

Le père de Jules était là, bien sûr, prévenu par sa femme, de la demande de leur fils.
Si bien que les deux couples de parents se sont retrouvés dans le couloir du commissariat, à quelques mètres de distance. Ils se sont regardés, sans échanger un mot, en se demandant bien qu'elle allait être la suite des événements …

Lorsqu'elle est rentrée dans le bureau de l'inspecteur, Marylise ne savait pas trop ce qui l'attendait. Le policier, seul comme convenu, lui a avancé un siège, en essayant de la rassurer par un geste. Jules, lui, était déjà là, assis sur une autre chaise, la tête baissée. Il n'a même pas bougé quand Marylise est rentrée.
- Bon, Jules. On t'écoute. Qu'est-ce que tu as de si important à dire à Marylise ? a commencé l'inspecteur.
Et là, Jules s'est levé brusquement en manquant de renverser son siège. Il s'est

tourné vers Marylise et a déclaré d'un trait sans reprendre son souffle.

- Marylise, c'est moi qui ai tué Antoine, l'année dernière, sur le pont de la Bade, avec le fusil de mon père. Mais je n'ai pas tué William et Victor, d'ailleurs je ne savais pas qu'ils devaient venir. Ce sont les soldats ennemis qui leur ont tiré dessus. En entendant mon coup de fusil, ils ont dû croire qu'on les attaquait et c'est pour cela qu'ils ont tiré à leur tour en direction de William et Victor. Mais, je n'y suis pour rien !

Après avoir entendu ces paroles, Marylise s'est levée d'un coup en criant et en renversant sa chaise. Alertés par le cri, les parents des deux adolescents se sont précipités à la porte du bureau de l'inspecteur. Celui-ci les a retenus, leur précisant que Jules avait commencé à faire des déclarations importantes et qu'il fallait finir de l'écouter. Il leur a promis de tout leur dire après les révélations.

Puis, il s'est tourné vers la jeune fille.

- Marylise, si tu ne veux pas rester, tu peux partir avec tes parents.
- Non, je veux continuer à écouter Jules, savoir et comprendre tout ce qui s'est passé, a répondu l'adolescente, prise par l'émotion, d'une voix tremblante.

Avant de laisser Jules continuer ses révélations, et ayant saisi la gravité des propos, le policier a demandé à un de ses adjoints de le rejoindre dans son bureau pour entendre et noter la suite des déclarations du jeune homme. Car si le commissariat était plus ou moins au courant du drame qui s'était passé l'année précédente dans le village de Château-sur-Bade, cet adjoint de l'inspecteur, Roland Gibert, avait demandé à la gendarmerie locale de lui envoyer un compte rendu assez complet des dramatiques événements et des enquêtes menées sur le terrain.
Si bien qu'Eugène Duval pensait qu'il était judicieux de se faire seconder par ce collègue

qui avait maintenant une bonne connaissance du dossier, pour la suite des aveux.

Marylise s'était rassise sur sa chaise, le teint pâle, prête à écouter la suite des déclarations de Jules. Une fois son adjoint installé, l'inspecteur principal s'est tourné vers l'adolescent, lui aussi assis et la tête basse.
- Jules, on t'écoute. Raconte-nous ce qui s'est passé, l'été dernier.
Il s'est de nouveau levé brusquement.
- Je ne me souviens pas exactement de la date, mais c'était au mois de juin, un samedi, car il n'y avait pas de cours l'après-midi au collège.
L'inspecteur Duval a voulu demander à Jules de s'asseoir. Mais il y a renoncé, ayant tout de suite compris que l'adolescent ne l'aurait pas entendu car il était dans une bulle où plus rien d'autre ne comptait que de continuer à faire ses aveux, à libérer sa conscience !
- Au moment du repas de midi, mon père est rentré à la maison. Il revenait du bar des

parents de Victor où le maire était passé pour informer les clients que des troupes ennemies remontaient du sud du pays pour rejoindre le nord. Il a bien insisté pour que les habitants de Château restent calfeutrés chez eux au moment du passage des troupes, prévu dans l'après-midi.

Car, avec l'annonce de la capitulation de leur pays, ces soldats risquaient d'être agressifs, n'ayant plus rien à perdre. D'après les informations que le maire possédait, le convoi devait suivre la Route Nationale et, donc, passer par la rue principale du village et sortir par le pont sur la Bade. Mais comme notre hameau n'était pas sur la voie empruntée, nous n'étions pas directement concernés.

Aussi, mon père nous a dit, à ma mère et à moi, que l'on ne changeait pas ce qui était prévu, c'est-à-dire aller chercher des fougères pour la litière des bêtes dans la forêt.

Le repas a vite été expédié car le temps était chaud et des orages étaient annoncés pour la

fin de l'après-midi. Et comme mes parents voulaient rentrer une et même, si possible, deux charrettes de fougères, ils sont vite partis en direction de la forêt, mais sans moi.
Car, je leur ai dit que je les rejoindrai un peu plus tard. En effet, j'avais réfléchi à quelque chose pendant le repas.
Une fois mes parents partis, j'ai téléphoné à Antoine. Je lui ai demandé de venir à la petite plage, à côté du pont de la Bade, là où on avait l'habitude de se retrouver entre copains. Comme il ne m'a pas parlé du convoi militaire, j'ai tout de suite compris qu'il n'était pas au courant. Et c'est là que j'ai su que je pouvais essayer de réaliser le plan auquel je venais de penser.
Il a été un peu étonné car je lui avais dit, ainsi qu'à William et Victor, que je devais aller aider mes parents dans l'après-midi. Mais je lui ai précisé que j'avais des choses importantes à lui dire. Il a été d'accord pour que l'on se retrouve un peu plus tard, il fallait juste qu'il finisse de

manger avec sa sœur. Je lui ai demandé de ne pas dire qu'il avait rendez-vous avec moi car ce que j'avais à lui confier était vraiment confidentiel.

Je suis allé prendre la carabine de mon père, je savais où il la cachait avec les munitions. Il m'avait appris un peu à m'en servir, à tirer. Je l'ai mise dans un grand sac et j'ai pris mon vélo pour aller au pont de la Bade. Je ne suis pas passé par le centre de Château même si je savais que les habitants devaient être confinés chez eux.

J'ai pris des routes que je connaissais bien pour contourner le bourg. Je suis allé me mettre de l'autre côté du pont, sur la gauche en sortant de Château, par rapport à la petite plage. Je me suis caché dans des fourrés mais je voyais bien, quand même, le pont et j'ai mis une cartouche dans le fusil.

J'avais calculé d'appeler Antoine juste au moment où j'apercevrais le convoi des troupes ennemies descendre la rue menant au pont.

Marylise s'est agitée sur sa chaise, prête à intervenir. Mais l'inspecteur lui a fait signe de ne rien dire, de peur que Jules ne s'arrête dans ses aveux.

Eugène Duval a pris la parole pour poser une question à Jules, même s'il pensait connaître la réponse.
- Mais pourquoi as-tu voulu tirer sur Antoine au moment où les soldats passaient dans le village ?
Jules a continué, toujours enfermé dans sa bulle.
- Eh bien, pour que l'on croit que c'était eux qui avaient tué Antoine ! En le voyant sur le pont et en entendant un coup de feu, j'ai pensé qu'ils allaient tirer, se croyant attaqués.
Et j'avais bien calculé car, dès que j'ai vu le premier véhicule militaire, j'ai appelé Antoine en lui criant que j'étais sur le pont et en lui demandant de me rejoindre. Et, dès qu'il est apparu sur le pont, alors que le convoi était

déjà bien avancé dans la descente, il n'a pas eu le temps de comprendre, de réagir et j'ai tiré sur lui ...

Là, Marylise bondit de sa chaise, ne pouvant plus tenir.
- Mais pourquoi tu as tué Antoine, c'était ton copain et il a toujours été gentil avec toi ?
- Oui, mais tout lui réussissait, quand il proposait quelque chose, on faisait toujours ce qu'il voulait, a continué Jules. Je sais, moi, je ne parle pas beaucoup, je suis timide, réservé. Mais, on ne me demandait jamais mon avis et comme je n'osais pas dire si j'étais d'accord ou pas, je faisais toujours ce que les autres avaient décidé, que ce soit Antoine mais aussi William et Victor !
Et puis, c'était pareil pour les filles. Je n'osais pas les aborder, leur parler. Je n'ai jamais eu de flirt alors que tous les copains avaient eu une ou des copines.

Et puis, il y avait toi, Marylise, la plus jolie fille du groupe. Pourquoi est-ce que c'est Antoine qui sortait avec toi, pourquoi toujours lui ? Alors que moi, j'ai toujours ressenti quelque chose pour toi !

De toute façon, Antoine, tu l'as oublié puisque je vous ai vus vous embrasser avec Pierre, alors que tu devais être avec moi …

Marylise a explosé.

- Non, Antoine, je ne l'ai pas oublié ! Mais, je n'ai que 17 ans ! Il faut bien que je continue ma vie. Je suis bien avec Pierre, mais je n'oublierai jamais Antoine !

L'inspecteur principal a décidé d'arrêter la confrontation. Il a demandé à son adjoint d'accompagner la jeune fille, avec ses parents, dans un autre bureau, le temps qu'il les mette au courant des événements de l'été dernier et qu'elle reprenne ses esprits.

Ensuite, ils pourront quitter l'hôtel de police, passer au lycée récupérer les affaires de

Marylise, puis rentrer chez eux à Château-sur-Bade.
Et leur fille aura bien besoin de leur soutien pour accepter cette vérité si cruelle …

Jules a été reconduit dans sa cellule. Pour lui, après ses révélations, une autre vie commence …

Pour Eugène Duval, le plus dur restait à faire : recevoir, dans son bureau, les parents de Jules pour leur dire que leur fils était non seulement accusé d'une agression sur la personne de Pierre mais, surtout, qu'il était un meurtrier et, même, un assassin, puisqu'il avait prémédité de tuer Antoine …

Epilogue

Les forces de l'ordre, celles du commissariat de Litugué et celles de la gendarmerie de Château-sur-Bade, ont mis tous les résultats de leurs enquêtes en commun. Cela leur a permis de bien cerner les plans diaboliques de Jules et leurs conséquences dramatiques.

Les policiers de Litugué l'avaient entendu une dernière fois pour compléter leur dossier et éclaircir certains points.

Ils ont d'abord voulu savoir ce que l'adolescent avait fait, l'été dernier, juste après avoir tiré sur Antoine. Son méfait accompli, et après un moment de surprise de voir William et Victor arriver sur le pont et se faire tirer dessus eux aussi, il est vite rentré chez lui, sans rencontrer personne car les habitants de Château-sur-Bade étaient toujours enfermés chez eux en attendant que le convoi militaire s'éloigne du village.

Jules a remis à sa place la carabine de son père, avec les munitions, et il a rejoint ses parents dans la forêt pour les aider… comme si de rien n'était !

Ensuite, les enquêteurs ont voulu connaître ce que Jules avait fait, les derniers jours avant l'agression sur Pierre, précisément à partir du moment où il avait essayé d'embrasser Marylise, et pourquoi il ne prenait plus le car, depuis quelques temps.

Jules s'est remis dans sa bulle où, encore une fois, plus rien d'autre ne comptait que de continuer à libérer sa conscience !

« Depuis que l'on rejoignait, avec Marylise, des copains et des copines de sa classe les mercredis après-midi dans un jardin public de Litugué, j'avais remarqué que quelque chose se passait entre elle et un dénommé Pierre. Ils étaient toujours l'un à côté de l'autre et je surprenais souvent des regards, des sourires, entre eux. Cela m'a fait mal, j'ai encore ressenti de la jalousie. Je me suis dit que ce n'était pas possible, je m'étais débarrassé d'Antoine, pensant garder Marylise pour moi tout seul, et voilà qu'elle semblait être attirée par un autre garçon !

Il faut bien me comprendre, Marylise, je la connais depuis longtemps, depuis l'école maternelle. Comme elle était la plus belle, j'ai toujours ressenti quelque chose pour elle et je suis tombé amoureux au fil des années. Et de la voir avec Antoine depuis quelques temps, alors qu'on était toujours en groupe, que j'étais toujours là, que je les voyais se tenir la main à côté de moi, s'embrasser sous mes yeux, la situation m'était devenue insupportable !

C'est pour cela que je pensais me débarrasser d'Antoine à la première occasion. J'avais échafaudé plusieurs plans. J'attendais seulement un moment propice pour essayer de passer à l'action. Et ce moment est arrivé avec le passage des troupes ennemies dans le village, l'année dernière. »

Jules a repris sa respiration, avant de continuer.

« Un vendredi, en arrivant à Château, j'ai voulu en avoir le cœur net, savoir si Marylise était vraiment éprise de ce Pierre. C'est pour cela que j'ai essayé de l'embrasser sur le trajet menant à son domicile. Et le fait qu'elle m'ait repoussé m'a rendu triste et, également, m'a mis en colère.

Alors que je pensais pouvoir enfin être son amoureux, après l'année que l'on avait passé ensemble où on s'était beaucoup fréquentés, voilà qu'elle m'échappait à nouveau.

Et l'idée de me débarrasser aussi de Pierre m'est venue !

Pourtant, j'avais quand même honte et je ne voulais pas me retrouver devant Marylise, je ne savais pas ce qu'elle avait pensé de mon geste. Aussi, le lundi suivant, j'ai joué la comédie à mes parents. Au moment de me lever le matin pour me préparer à aller prendre le car, j'ai prétexté que j'avais très mal à la tête. Comme on avait commencé les foins avec le beau temps et que l'on avait passé le week-end dehors à travailler sous un soleil de plomb, mes parents ont cru que je faisais une insolation. Et je suis resté deux jours dans ma chambre.

Cependant, je voulais quand même être à Litugué le mercredi après-midi, pour observer Marylise et Pierre. Aussi, le mardi soir, j'ai dit à mes parents que mon mal de tête était passé.

Le mercredi matin, j'ai pris les deux cars pour rejoindre mon lycée agricole. Et l'après-midi, je suis allé comme d'habitude dans le centre de Litugué. Mais, je n'ai pas rejoint le groupe des camarades de classe de Marylise. En me cachant dans un coin du jardin public, je les ai regardés de loin, en essayant de ne pas me faire remarquer. Et j'ai vu Marylise et Pierre partir seuls.

Je les ai suivis, ils se sont promenés dans les rues commerçantes, comme on le faisait ensemble avec Marylise, mais … en se tenant par la main ! Et, en revenant vers le jardin public, sûrement pour rejoindre le groupe, ils se sont arrêtés à l'entrée du garage d'un hôtel et … ils se sont embrassés ! J'ai été sidéré. Marylise acceptait de ce Pierre ce qu'elle m'avait refusé ! Abasourdi, j'ai dû faire moins attention pour me cacher, c'est pour cela que Marylise m'a aperçu. Quand je me suis rendu compte qu'elle m'avait vu, je suis vite parti pour aller attendre le car de mon lycée.

A partir de ce moment, je n'ai plus arrêté de penser à me débarrasser de Pierre. Je me répétais sans cesse que s'il disparaissait, Marylise resterait enfin avec moi, de façon définitive.

Mais, je ne voulais pas me retrouver devant elle avant d'être passé à l'action…

J'ai alors rejoué la comédie pour ne pas prendre le car le week-end. Le jeudi, au lycée, au moment du repas de midi, je suis allé voir l'infirmière scolaire et je lui ai fait croire que j'avais de nouveau mal à la tête. Après lui avoir expliqué que j'avais fait une insolation le week-end précédent, elle a cru que j'avais encore des symptômes et elle a préféré appeler mes parents, leur disant qu'il serait souhaitable que je voie un docteur. Mon père est donc venu me chercher dans l'après-midi.

En arrivant à Château, on s'est arrêtés au cabinet médical. Notre médecin de famille m'a prescrit un traitement et a précisé à mon père qu'il me fallait un peu de repos. J'avais donc quelques jours pour réfléchir à un plan pour me débarrasser de Pierre. Je me suis dit qu'il fallait que je fasse quelque chose avant les congés d'été.

Et en réfléchissant, je me suis rendu compte qu'il ne me restait plus que le mercredi après-midi pour agir. Aussi, j'ai fait croire à mes parents que j'étais toujours fatigué ... jusqu'au lundi soir. Et le mardi matin, j'ai pris mes deux cars pour rejoindre mon lycée.

Et la chance s'est offerte à moi, en quelque sorte !

Le mercredi matin, les cours au lycée étaient annulés, les professeurs ayant encore des réunions. Et, comme c'était le dernier mercredi de l'année scolaire, l'administration donnait la possibilité aux pensionnaires de ne pas rester au lycée. Mais il fallait bien sûr l'autorisation des parents. Comme je n'étais pas dans l'établissement le vendredi précédent lorsque l'information a été donnée, le secrétariat a téléphoné à mes parents pour avoir leur accord. Ils ont accepté sans problème. Ainsi, j'ai pu aller à Litugué dès le matin, le lycée ayant mis à notre disposition un car pour rejoindre le centre-ville.

Il ne me restait plus qu'à essayer de réaliser le plan auquel j'avais pensé pour attirer Pierre à l'entrée du garage de l'hôtel... »

Pour l'arme, Jules a répondu aux policiers qu'il avait toujours ce couteau dans ses affaires. Il lui a suffi de le prendre en partant du lycée, le matin de l'agression…

Malgré leurs fonctions qui leur font côtoyer des personnes et des situations très diverses, les policiers ont été saisis par le machiavélisme de l'adolescent !

Quelques jours après le début des congés scolaires, l'inspecteur Eugène Duval a appelé Marylise et ses parents pour leur demander de venir au commissariat de Litugué. Il souhaitait donner à la jeune fille toutes les réponses aux questions qu'elle se posait sûrement encore : pourquoi Jules avait essayé de lui voler un baiser, pourquoi il ne prenait plus le car, pourquoi il les avait vus s'embrasser dans la rue, Pierre et elle...
Cela lui a permis, ainsi qu'à ses parents, de connaître toutes les manigances de Jules jusqu'au jour de l'agression de Pierre.
Le policier aurait pu donner toutes ces informations par téléphone. Toutefois, il a pensé que c'était plus décent de les transmettre de vive voix. D'ailleurs, Marylise et ses parents ont apprécié et l'ont remercié.

Eugène Duval est en poste au commissariat central de Litugué depuis 3 ans. Originaire de la capitale du pays, située plus au nord, il a demandé et obtenu une mutation dans une ville de province, plus « à taille humaine ». C'est la raison pour laquelle il a été nommé à Litugué, sans avoir aucune attache dans la région.

S'il a fait cette demande qui a beaucoup étonné à la fois ses anciens et ses nouveaux collègues, c'est pour deux raisons.

En premier, Eugène Duval a été nommé, après l'école de police de laquelle il est sorti parmi les meilleurs, dans un commissariat de quartier de la capitale. Comme il a toujours pris son travail très au sérieux, il s'est beaucoup investi dans les différentes enquêtes dont il avait la charge. Et il a eu de plus en plus de mal à supporter ces affaires, souvent sordides, qui ont fini par le déprimer.

Ce sérieux et cet investissement dans son travail ont joué aussi dans sa vie personnelle. Marié avec une jeune fille rencontrée lors d'une soirée chez des amis communs, il n'a pas été assez disponible pour cette relation. Sa femme n'a plus supporté les longues heures d'attente au domicile, les nombreuses nuits où l'inspecteur était de garde ou sur le terrain à essayer de résoudre ses enquêtes. Avec, bien sûr, la crainte perpétuelle d'apprendre que son mari avait été blessé, voire pire, lors de son service.

Aussi, elle a pris la décision de le quitter comprenant qu'elle n'avait pas à lui demander de choisir entre son métier et elle.

Cette séparation, très douloureuse pour Eugène Duval, a donc été l'autre raison de sa demande de mutation. Il avait besoin de changer d'air, il ne voulait pas rester dans cette ville qui lui rappelait trop de mauvais souvenirs.

Depuis, l'inspecteur essaye de se reconstruire, petit à petit, tout en n'arrêtant pas de se demander si ce métier de policier était bien compatible avec une vie de famille…

Malgré ce vécu malheureux, il continue à s'investir avec cœur dans son travail et c'est pour cela qu'il fait preuve, dans cette enquête difficile, de beaucoup d'empathie envers les proches des victimes.

Les gendarmes de Château-sur-Bade, eux, sont allés voir les parents de William, Antoine et Victor pour leur faire part des aveux de Jules.
Et les familles ont enfin eu des réponses aux questions qu'elles se posaient depuis le drame : pourquoi leurs fils se sont retrouvés sur le pont de la Bade au moment du passage des soldats ennemis et pourquoi ces derniers leur ont tiré dessus ?
Car si Antoine est, lui, tombé dans le piège que lui a tendu Jules, William et Victor, qui voulaient simplement prévenir leur camarade de ne pas se montrer, ont rejoint Antoine sur le pont juste au moment où ce dernier se faisait tuer. Certainement que les troupes militaires, en déroute et sur le qui-vive, arrivant presque à hauteur du pont, ont bien cru, en entendant le coup de feu tiré par Jules,

que les jeunes gens ou d'autres personnes, peut-être des résistants cachés dans des bois environnants, leur tiraient dessus !

D'où leur réplique meurtrière ayant ôté la vie à William et Victor… alors que personne ne les avait attaqués !

Le coup a été plus dur, bien sûr, pour les parents d'Antoine et leur fille. Ils croyaient que leur fils avait été tué par les tirs des soldats ennemis comme ses deux autres camarades…

Et de savoir que c'est un copain qui avait tiré sur lui et qui avait mis fin à ses jours, cela a été comme un deuxième deuil pour eux !

Les enquêteurs sont tous tombés d'accord. Pour eux, ce drame est non seulement dû à de la jalousie mais, également, au côté introverti d'un jeune adolescent trop timide, trop réservé, au milieu de son groupe de connaissances. Il suivait sans jamais se mettre en avant, on ne lui demandait pas son avis et, à la longue, il ne supportait plus une telle situation.

D'où le fait que ce plan, se débarrasser d'Antoine, ait germé peu à peu dans sa tête et qu'il ait profité de cette occasion, les circonstances de ce jour, pour passer à l'action. Car, il est sûr que pour commettre un tel meurtre, ou plutôt un tel assassinat, Jules a dû réfléchir longuement à des scénarios possibles, attendant seulement un moment propice.

Mais l'inspecteur principal Duval n'était pas entièrement satisfait des conclusions de l'enquête. Pour lui, il manquait un élément, il en avait la conviction. Et, c'est en repensant à toutes les déclarations faites par les différentes personnes touchées par ce drame qu'il s'est rappelé les propos des parents de Jules au moment de l'interpellation de leur fils après l'agression sur Pierre et, surtout, des paroles de la mère.

« Il n'y a pas que de la jalousie derrière tout ça », avait-elle déclaré.

Elle pensait donc qu'il y avait d'autres raisons pour expliquer cet acte insensé, ou plutôt, ces actes insensés…

Aussi, Eugène Duval a souhaité, pour en avoir le cœur net, entendre plus en profondeur le ressenti des parents de Jules.

Accompagné du capitaine de la gendarmerie de Château-sur-Bade, il est allé les voir dans leur ferme. Il a vite senti que l'ambiance était pesante. Le père de Jules a prétexté qu'il devait s'occuper de ses bêtes et il n'est pas resté dans la maison. Sa femme a proposé aux deux visiteurs de s'asseoir et elle a tout de suite pris la parole sans qu'on la questionne, elle avait besoin de se confier.

« Avec son père, on a pris conscience qu'on n'avait pas été assez présents pour Jules, on ne s'est pas assez préoccupés de son éducation. On pensait que tout allait bien, qu'il était

content d'être avec ses copains. C'est vrai qu'il ne parlait pas de ce qu'il faisait avec eux. Mais, il est vrai aussi qu'on ne lui demandait jamais ce qu'il faisait de son temps libre.
Les rares moments où on discutait avec lui, c'était pendant les repas et c'était surtout pour lui parler de ses résultats scolaires et pour préciser les travaux de la ferme qu'il pouvait faire, là où il pouvait nous aider. Et encore, les repas étaient vite expédiés, car il fallait justement ne pas tarder à repartir pour les occupations de l'exploitation. »

Maudite ferme ! Maudit travail !

Après une courte pause, la mère de Jules a repris.
« En tant que mère, j'aurais dû être avec lui. J'aurais dû l'aider à être plus à l'aise avec les autres, moins timide, à prendre sa place dans un groupe en donnant son avis ou en

s'opposant s'il n'était pas d'accord, en faisant lui aussi des propositions.
Pareil pour les filles, j'aurais dû lui donner des conseils pour savoir comment se comporter avec elles, comment les aborder, comment leur parler, surtout avec cette Marylise, et ce, pour qu'il soit un adolescent comme les autres, pour qu'il vive normalement. Et tout ça ne serait pas arrivé ! »
Elle s'est arrêtée. On sentait que la culpabilité la rongeait, qu'elle n'avait pas fini de s'en vouloir.

Le capitaine de la gendarmerie a laissé passer un moment de silence avant de lui demander si, avec son mari, elle n'avait pas été surprise que leur fils ne parte pas avec eux dans la forêt, l'année dernière, le jour du passage du convoi militaire et de l'assassinat d'Antoine.
Elle a répondu qu'elle avait un vague souvenir de ce moment mais que, de toute façon, même s'ils appréciaient que Jules les aide à la ferme,

ils lui laissaient quand même une certaine liberté. Sûrement que, sur le moment, ils ont dû penser que leur fils avait quelque chose d'autre à faire et qu'il les rejoindrait plus tard pour ramasser les fougères.

Ce qui a été le cas puisque Jules est venu les aider ... après avoir commis son acte odieux ... sans rien leur dire bien sûr !

Et puis, de toute façon, il fallait se dépêcher d'aller remplir et rentrer ces satanées charrettes. Les travaux de la ferme, encore et toujours, comme si rien d'autre ne comptait !

A son tour, l'inspecteur de police a voulu savoir si les parents ne s'étaient pas rendu compte que leur fils avait joué la comédie, en prétextant un mal de tête pour ne pas prendre le car, à la fin de cette année scolaire. Devant son air effaré, Eugène Duval a fait avec ménagement, à la mère de Jules, un résumé de tout ce que son fils avait avoué concernant ses récents agissements.

La pauvre femme s'est affaissée sur sa chaise, en baissant la tête, signe de son immense désarroi…

Les deux représentants de l'ordre ont pris congé de cette femme, de cette mère, dont la vie avait pris une tout autre tournure. Ils lui ont promis qu'ils seraient avec son mari et elle pendant le procès de leur fils, qu'ils seraient à leur côté pour les soutenir.

De la timidité maladive, de la jalousie excessive et, donc aussi, une éducation délaissée, voilà les mauvais ingrédients responsables de ce drame psychologique !

Peu de temps après, Jules a été transféré dans une ville plus importante que Litugué, là où son procès allait se dérouler.
Et sa mère en a profité pour quitter la ferme.
De toute façon, elle avait dit à son mari qu'elle ne voulait plus continuer à travailler cette exploitation qu'elle jugeait en grande partie responsable de ce qui était arrivé.
Elle a loué un petit logement meublé dans la ville où est son fils.
Pour être près de lui, pour essayer de le voir le plus souvent possible, pour essayer de rattraper ce qui pouvait encore l'être …

Le père de Jules, lui, est resté à la ferme. Mais, pourra-t-il continuer encore longtemps à s'occuper tout seul de l'exploitation, en aura-t-il seulement la force ?

Malgré la présence et le soutien de ses parents, les grandes vacances ont été longues et pénibles pour Marylise. Elle n'arrêtait pas de penser au geste de Jules, fatal à Antoine, et à l'agression sur Pierre. Elle se demandait sans arrêt si elle avait une quelconque part de responsabilité dans ce qui s'était passé. Mais, comme lui répétait sans cesse sa mère, elle n'avait rien à se reprocher, elle avait eu une relation normale avec Antoine, bien de son âge. De même avec Pierre, c'est tout naturellement qu'ils se sont rapprochés. Qui plus est, elle n'avait eu que des relations amicales avec Jules.

Et justement, Marylise n'avait de cesse de penser à tous les moments qu'elle avait partagés avec lui, pendant l'année scolaire. Les trajets en car pour aller et revenir du lycée, les sorties les mercredis après-midi dans les rues de Litugué. Comment avait-il pu faire comme si de rien n'était avec elle avec ce qu'il avait fait ? Pendant tous ces mois, elle avait côtoyé un monstre ! Mais là aussi, ses parents lui disaient qu'elle ne savait pas, que personne ne savait, l'acte odieux qu'il avait commis !

Elle continuait à aller voir régulièrement Jeanne, la sœur d'Antoine. C'étaient bien les seules sorties qu'elle faisait. Elles allaient faire de longues promenades dans la nature, autour du hameau où habitait maintenant la famille d'Antoine. C'étaient des occasions pour parler de tout et de rien et ces discussions leur faisaient du bien à toutes les deux.

Possédant l'adresse de Pierre, Marylise, au milieu de l'été, lui a envoyé une longue lettre pour l'informer des aveux de Jules. Elle s'est confiée à lui, en écrivant tout ce qu'elle pouvait ressentir. Vers la fin des vacances, Pierre est venu la voir chez elle. Ayant un an de plus, il avait profité des congés pour finir de passer son permis de conduire et il était venu avec la voiture de ses parents.

De toute façon, ils allaient se retrouver à la rentrée toute proche dans leur lycée pour continuer leur scolarité.

Et pour continuer leur vie …

Car Marylise s'était prise à rêver à son avenir. Certes, elle n'oublierait jamais Antoine mais elle méritait d'être heureuse.

Pierre et elle semblaient marcher du même pas. Elle pouvait donc espérer que les nuages se dissipent peu à peu pour laisser place à un nouvel horizon …

La vie aussi continuait, bien sûr, dans le village de Château-sur-Bade.

Mais, pour les familles touchées par cette tragédie, le temps pourra certes atténuer les douleurs, cicatriser un peu les plaies, mais il ne pourra jamais effacer complètement leur cruelle histoire …

Quatre années ont passé...

En ce beau dimanche ensoleillé de juillet, des rires et des chants montaient de la grande place de Château-sur-Bade. Des tables, couvertes de fleurs, et des chaises étaient installées sous les tilleuls et des enfants, se tenant par la main, tournaient autour dans une ronde géante. La joie et la bonne humeur emplissaient les rues du village.
Un air d'accordéon, joué par Lucien, s'échappait de l'estrade installée dans un coin de la place et cela rendait le musicien le plus heureux des hommes.

Aujourd'hui, on fêtait non seulement l'armistice mais, également, avec la présence de leurs familles et de leurs amis, les fiançailles de Marylise et Pierre...